ENTRE VAMPIROS, VAMBIZOMEM, ZUMBIS E LOBISOMENS

ENTRE VAMPIROS, VAMBI ZOMEM, ZUMBIS E LOBISOMENS

Steven Banks

ILUSTRAÇÃO: Mark Fearing

Tradução: Adriana Krainski

MIDDLE SCHOOL BITES #4: NIGHT OF THE VAM-WOLF-ZOM BY STEVEN BANKS, ILLUSTRATED BY MARK FEARING
TEXT COPYRIGHT © 2022 BY STEVEN BANKS
ILLUSTRATIONS COPYRIGHT © 2022 BY MARK FEARING
PUBLISHED BY ARRANGEMENT WITH HOLIDAY HOUSE PUBLISHING, INC., NEW YORK. ALL RIGHTS RESERVED.
COPYRIGHT © FARO EDITORIAL, 2024

Todos os direitos reservados.

Nenhuma parte deste livro pode ser reproduzida sob quaisquer meios existentes sem autorização por escrito do editor.

Milkshakespeare é um selo da Faro Editorial.

Diretor editorial **PEDRO ALMEIDA**
Coordenação editorial **CARLA SACRATO**
Assistente editorial **LETÍCIA CANEVER**
Preparação **TUCA FARIA**
Revisão **ANA PAULA SANTOS E CRIS NEGRÃO**
Capa e design originais **MARK FEARING**
Adaptação de capa, projeto gráfico e diagramação **REBECCA BARBOZA**

Dados Internacionais de Catalogação na Publicação (CIP)
Angélica Ilacqua CRB-8/7057

Banks, Steven
  Vambizomem 4 : entre vampiros, zumbis e lobisomens / Steven Banks ; ilustrações de Mark Fearing ; tradução de Adriana Krainski. -- São Paulo : Faro Editorial, 2024.
  256 p ; il.

  ISBN 978-65-5957-466-7
  Título original: Middle school bites 4: night of the vam-wolf-zom

  1. Literatura infantojuvenil I. Título II. Fearing, Mark III. Krainski, Adriana

23-6503   CDD 028.5

Índice para catálogo sistemático:
1. Literatura infantojuvenil

1ª edição brasileira: 2024
Direitos de edição em língua portuguesa, para o Brasil, adquiridos por FARO EDITORIAL.

Avenida Andrômeda, 885 – Sala 310
Alphaville – Barueri – SP – Brasil
CEP: 06473-000
WWW.FAROEDITORIAL.COM.BR

Para Sally Morgridge,
que disse "sim" depois de vinte editoras terem dito "não".
Se não fosse por ela, você não estaria lendo este livro.
Moral da história: não desista.

1.
Conversando com um zumbi

Bem que eu gostaria de não ter me tornado um vambizomem, assim eu não estaria aqui conversando com um zumbi, com medo de uma vampira porque eu a deixei para trás em vez de ir lutar contra um lobisomem junto com ela.

Eu queria ser apenas um garoto normal, que vai para a escola. Nossa, eu adoraria que meu maior problema fosse ter esquecido de estudar para a prova de matemática, ou ficar pensando se uma certa pessoa gosta de mim, ou ter esquecido de ler três capítulos de *Ponte para Terabítia*, ou não conseguir abrir meu armário.

Mas eu sou um vambizomem. O único do planeta.

Três motivos pelos quais meu dia foi horrível:

- Eu salvei a vida da pior pessoa do Colégio Hamilton: Tanner Gantt.
- Darcourt, o lobisomem que *me* transformou em lobisomem, roubou o livro *Uma educação vampírica*, que vale um milhão de dólares e é cheio de segredos vampirescos.
- Martha Livingston, a vampira que me mordeu e me emprestou o livro, agora quer acabar comigo porque eu o perdi.

Eu e Martha nos transformamos em morcegos para perseguir Darcourt, que fugia de moto. Mas então eu vi o *trailer* do comboio do parque de diversões itinerante na estrada e saquei que, dentro dele, estava o zumbi que havia me mordido. Talvez essa fosse minha única oportunidade de conversar com ele.

Parei em cima do *trailer* do zumbi, me transformei em fumaça (um truque de vampiro que finalmente consegui aprender) e entrei através de uma frestinha na porta. Ele era um zumbi bem comum, com pele cinza, cabelo ensebado, algumas cicatrizes no rosto e olhos brancos. Sempre achei que zumbis tivessem cheiro de carne podre, mas esse não tinha, o que foi um grande alívio. Sabe como é, como lobisomem, tenho o olfato apurado. Desde que me tornei vambizomem, tenho descoberto que muitas das coisas que eu imaginava estavam erradas.

O zumbi disse "Oe".

Bom, eu *acho* que ele disse "Oe". Foi o que eu ouvi. Mas o barulho do motor da caminhonete que puxava o *trailer* era alto, então talvez tenha sido só um grunhido. Será que os zumbis falam? Às vezes, nos filmes, eles falam. Espero que esse zumbi fale. Tenho algumas perguntinhas para lhe fazer.

O zumbi abriu a boca de novo. Será que ele queria me morder? Será que zumbis comem outros zumbis?

— Eaê? — ele tornou a falar.

— Você fala? — eu perguntei.

Ele respondeu com uma voz rouca e grave parecida com a de um ator bigodudo que interpreta caubóis nos filmes de faroeste a que meu pai assiste:

— Acho que acabei de falar. Meu nome é Dusty.

— O meu é Tom.

— Prazer em conhecê-lo.

— Você se lembra de ter me mordido uns quatro meses atrás?

— Olha, pra ser sincero, eu não te mordi.

— Como assim? Você me mordeu, sim! É por isso que sou um pouco zumbi.

— Nada disso. Eu estava tentando te espantar. Por isso abri a boca, *fingindo* que ia morder. Percebi que você era medroso. Você foi colocar as mãos no rosto, e nisso acabou esbarrando a palma da mão nos meus dentes.

Tecnicamente era verdade. E isso me deixou meio bravo. Odeio quando a culpa é minha.

— Quer dizer que você não queria me devorar? — eu perguntei.

— Cara, faz, sei lá, uns dez anos que não me alimento de humanos.

— Eu também não como pessoas — confessei.

— Acredite, o sabor não é tão bom quanto parece.

— Então, o que você come?

— O que o chefe traz pra mim. Pizza, hambúrguer, cachorro-quente...

Zeke, meu melhor amigo, adoraria ter que seguir essa dieta.

— Quando você virou zumbi? — eu quis saber.

— Há uns quinze anos, se bem me recordo. Minha cabeça fica meio embaralhada às vezes.

— O que você era antes de ser zumbi?

Ele suspirou.

— Humano.

— Não, quero dizer, qual era sua profissão?

— Eu era um neurocirurgião.

— Sério?!

— Sério. Meu trabalho era consertar cérebros… para depois devorá-los. — Ele sorriu. — Tô brincando, garoto. Eu era um caubói de rodeio. O pessoal me chamava de Dusty, o Caubói Poeira, porque eu ficava mais no chão do que em cima do touro.

O *trailer* mudou de pista, e eu dei uma cambaleada.

— Por que você não se senta naquele caixote ali? — Dusty sugeriu.

Sentei-me em um caixote de madeira que tinha as palavras DR. LELÉ escritas do lado.

— Quem te transformou em zumbi?

— Senta que lá vem história.

2.
Uma história das boas

— Ela era uma belezinha de garota. Cabelo escuro, olhos castanhos e dentes superafiados. Eu estava no curral, tarde da noite quando ela se aproximou pra falar comigo. Pensei que fosse uma fã. Então ela veio e me mordeu. A vida é assim, cheia de surpresas. Um dia você está montando um touro, no outro, tudo o que você quer é morder o touro.

— E como você foi parar no parque de diversões?

— Quer a versão resumida ou a versão completa? — Dusty deu de ombros.

— Acho melhor a versão resumida. Não tenho muito tempo. Preciso voltar logo para me encontrar com Martha e ajudá-la a recuperar o livro vampírico que está com Darcourt.

— Bom, quando eu ainda comia gente, costumava vagar pelo mato, procurando alimento. Foi quando vi que estavam montando o parque itinerante em um campo bem grande. Havia um *trailer* com a imagem de uma baita de uma cobra na lateral. Entrei no *trailer* e encontrei meu jantar: uma píton de dois metros de comprimento presa em uma caixa de vidro. Fui devagar até ela, ergui a tampa da caixa e a devorei. A cobra ficou surpresa. Estava achando que *ela* iria me comer. Aí, o chefe chegou e ficou danado por eu ter traçado a estrela do show dele, mas logo percebeu que eu seria um bom substituto. Rápido como um raio, ele jogou um cobertor em cima de mim e me amarrou antes que eu conseguisse dar no pé pra longe dali. E, desde então, cá estou.

— Alguém mais sabe que você é um zumbi de verdade? — Arqueei uma sobrancelha.

— Não. Só o chefe. Todo mundo acha que sou um boneco ou um cara usando uma máscara. Fico sentado nesta cadeira o dia inteirinho. As pessoas me olham, eu solto uns grunhidos, finjo que vou comê-las. Elas gritam e saem correndo. E é assim que eu vivo... por assim dizer. — Dusty suspira e faz uma cara meio triste.

A vida é estranha. Quando o vi pela primeira vez, tive medo de Dusty. Depois, fiquei bravo porque ele me mordeu e me transformou em um zumbi. Agora, sinto pena dele, amarrado em uma cadeira em um *trailer* velho e sujo.

— É muito legal poder conversar com outro morto-vivo. — Ele se inclinou o máximo que conseguiu e me encarou. — Olha, desculpa falar, mas parece que tem mais alguma coisa te incomodando.

Expliquei que eu era um vambizomem e contei tudo o que tinha acontecido. Ele assoviou baixinho e balançou a cabeça.

— Caramba, isso sim que é azar. Nunca vi nada parecido em minha vida.

— Acho que sou o único vambizomem do mundo.

— Deve ser dureza, heim?

— É. É dureza.

Ninguém nunca me perguntou se era difícil ser um vambizomem. Dusty foi muito mais legal do que as duas outras criaturas que me morderam. Martha Livingston logo ficou irritada. Darcourt fingiu ser de boa e simpático no começo, mas era pura falsidade. Igualzinho a Tanner Gantt na segunda série. Eu queria que existisse um aplicativo para baixar no celular que avisasse quem é legal e quem é falso.

A caminhonete começou a desacelerar.

— Acho que estamos chegando à próxima parada — disse Dusty. — Ou o chefe vai parar para comer.

Espiei pela fresta debaixo da porta. A caminhonete saiu da rodovia e entrou no estacionamento de uma hamburgueria. Meu estômago e o de Dusty roncaram ao mesmo tempo.

O veículo parou. Ouvi a porta da frente abrir e bater com força e, em seguida, o barulho de passos se afastando.

— Aposto que o chefe iria adorar fazer um showzinho com você. Você seria a estrela e renderia uma boa grana pra ele. É melhor não ficar por aqui dando bobeira. — Dusty ergueu os ombros.

— Tem razão. — Mas ainda havia uma pergunta que eu queria fazer. — Ah, eu voltei ao posto onde você me mordeu...

— Onde eu tentei te *assustar* — ele me corrigiu.

— Isso. O posto tinha pegado fogo, mas seu *trailer* ainda estava lá. Vi pegadas saindo dele.

— Eu tentei fugir, mas o chefe me flagrou. Zumbis não são famosos pela velocidade.

— Nos filmes, alguns zumbis correm bem rápido.

— Olha, filmes, programas de TV e livros não são a mesma coisa que a vida real. É bom se lembrar disso.

— Para onde você estava tentando ir?

— Já ouviu falar do... Nirvana Zumbi?

— Não, é um filme?

— Parece, né? Mas é um lugar sobre o qual me contaram. Um amigo morto-vivo me falou dele. — Dusty balançou a cabeça. — Mas vai que é de verdade, não é mesmo? Pode ser só uma história da carochinha.

— O que exatamente é esse lugar?

— Dizem que lá é permitido aos zumbis viverem em uma área restrita. A placa diz "Nirvana Zumbi. Zumbis vagando livremente por aqui". Parece que os zumbis são alimentados e podem viver em paz. O lugar é cuidado por alguém que é meio zumbi, por algum motivo desconhecido.

— Nunca ouvi falar disso.

— Olha, acho que não querem que fiquem bisbilhotando. O povo ficaria preocupado se soubesse que tem um bando de morto-vivo solto por aí. Mas... se esse lugar existisse mesmo e eu conseguisse chegar lá, eu seria um caubói muito feliz.

— E onde fica?

— Deve ficar aqui por perto. Ganhei um mapa um tempo atrás.

Ele colocou a mão no bolso de trás da calça, o que não foi muito fácil, já que estava amarrado, e tirou um pedaço de papel todo amarrotado. Eu o peguei da mão dele e abri. Era um papel velho de bandeja de um restaurante chamado Churrascão do Buba.

Um churrasco cairia muito bem agora. Eu começava a ficar com fome. No verso do papel havia um mapa desenhado a lápis, com o endereço rabiscado e algumas setas. Estrada 66 para Rodovia 61, saindo do Caminho do Moinho, que acabava em um círculo onde estava escrito NIRVANA ZUMBI, assinalado com um X bem grande.

Devolvi o mapa para Dusty, que disse:

— O parque vai ficar aqui só mais algumas semanas. Depois, iremos para o oeste. O chefe quer se instalar em um lugar fixo. Tipo um museu de esquisitices, sabe? Meu tempo está acabando. Essa pode ser minha última chance.

— Pena que eu não tenho idade para dirigir. Senão, poderia te levar até lá.

BAM! BAM! BAM!

Alguém bateu na porta do *trailer*.

3.
O jantar está servido

— Acorda! Hora do show! — um homem gritou com uma voz aguda do lado de fora do *trailer*.

— É o chefe, é melhor você se esconder — disse Dusty.

Eu fui logo sussurrando:

— Virando morcego, morcego eu serei! — E voei para trás de uma tigela de madeira largada no chão.

Um sujeito baixinho e magricelo, de cabelo comprido e cheio de tatuagens, usando uma camiseta do Van Halen, destrancou a porta e entrou. Ele trazia um pacote de papelão, de onde tirou quatro mini-hambúrgueres. Na hamburgueria onde paramos, chamavam de "hambúrguer bebê", mas não acho que hambúrguer seja comida de bebê. O cheiro era delicioso.

Tenho que admitir: eu prefiro mini-hambúrgueres. Por algum motivo, o sabor é muito melhor do que o de hambúrguer normal, mesmo sabendo que o recheio é exatamente igual. Mas se peço mini-hambúrguer, as pessoas zombam de mim. Então, acabo tendo que pedir uma coisa que nem é tão boa assim só pra não passar vergonha. Bem que eu queria não sentir tanta vergonha. Assim eu poderia fazer o que quisesse e não ligaria se os outros debochassem de mim. Como Zeke. Ele sempre pede mini-hambúrguer.

Dusty tinha razão. Se o chefe descobrisse que havia um vambizomem escondido ali dentro, tentaria me capturar rapidinho. Na primeira vez em que eu me transformei em vambizomem, minha irmã, Emma, quis me vender para um circo para poder comprar um carro. Não era brincadeira. Foram meus pais que não deixaram que ela me vendesse.

— Jantar tá na mesa! — disse o chefe.

Ele ficou lá parado, jogando os mini-hambúrgueres em cima de Dusty, que tinha que pegá-los com a boca e comer sem usar as mãos. O chefe atirava rápido e com força, como se estivesse jogando beisebol.

— Lá vai a saideira! Vai ser uma tacada rápida! Direto na boca! Não se esqueça de mastigar antes de engolir. Humm! Delícia, né?

Alguns hambúrgueres Dusty não conseguiu pegar e ficaram lá, caídos no chão.

— Ops! Perdeu! Rebaixado!

Depois de um tempo, o chefe se cansou de atirar hambúrgueres e pegou a tigela atrás da qual eu me escondia. Eu me encolhi até ficar parecendo uma bolinha, e ele não me viu. O chefe colocou o restante dos hambúrgueres na tigela e pôs em cima de uma bandeja, que ficava presa na ponta de uma vara comprida, para não precisar se aproximar muito de Dusty, que se inclinou e devorou os últimos hambúrgueres da tigela. Era como ver um cachorro faminto se alimentar.

Quando Dusty terminou a refeição, o chefe disse:

— Vamos pegar a estrada e andar uns dez quilômetros. Boa noite. Bons sonhos.

Ele saiu do *trailer*, fechou a porta e trancou. Eu voltei a minha forma normal.

— Desculpe por meus modos à mesa. — Dusty deu um sorrisinho. — Não é muito fácil comer sem poder usar as mãos.

— Tudo bem.

— Tem uns hambúrgueres no chão, se você não se importar de comer comida empoeirada.

— Ah, não, obrigado. Eu como mais tarde.

Peguei os dois hambúrgueres e entreguei a Dusty. Eu não queria deixá-lo ali, mas não tinha opção. Martha Livingston devia estar cada vez mais brava.

— Dusty, preciso ir embora. Tenho de ajudar uma amiga.

— Ajudar os amigos é uma das melhores coisas que você pode fazer na vida. Obrigado pela visita. Foi um prazer conhecê-lo, Tom. Desculpe
por ter trazido você para o mundo dos zumbis. Foi sem querer. Mas sabe como é, né, às vezes temos azar. Quem sabe a gente se encontra por aí de novo.

— É... quem sabe.

— Boa viagem.

Eu me transformei em fumaça e saí pela fresta. Já do lado de fora, me transformei em morcego e saí voando. Eu precisava encontrar Martha e Darcourt o mais rápido possível.

Voltei voando para o local da estrada em que Martha começou a gritar comigo. Decidi seguir o voo na direção em que estávamos indo. Fiquei farejando por dez minutos para tentar sentir o cheiro de Darcourt e finalmente consegui. Segui o cheiro que saía da rodovia e entrava por uma estradinha de terra com marcas de pneu de motos. Como eu estava no meio de um bosque, fiquei de olho para ver se não encontrava corujas ou falcões que pudessem querer me devorar. Segui os rastros de pneu até ver algo que eu preferiria não ter visto.

4.
Desfecho

A moto de Darcourt bateu em uma árvore, deixando a roda da frente toda retorcida. A poucos metros de distância, notei um tufo de pelo de Darcourt no chão, manchado de sangue. E então vi algo que fez meu estômago revirar: um pedaço rasgado do vestido de Martha, com marcas de garras.

Me abaixei e cheirei o sangue. Era de lobisomem. Olhei ao redor e vi uma página arrancada do livro *Uma educação vampírica*. Era a página assinada por Lovick Zabrecky, o vampiro que transformou a Martha em 1776. Ele havia escrito que, caso ela perdesse o livro ou o entregasse para alguém, ele viria atrás dela. *"Quando eu te encontrar, será uma experiência desagradável."*

Tentei farejar o ar, mas o cheiro de Darcourt estava misturado com o dos animais da floresta, por isso não consegui rastreá-lo. Comecei a me sentir culpado por ter abandonado Martha para conversar com Dusty. Mas não era só culpa minha Darcourt ter conseguido pegar o livro. Martha não deveria ter emprestado para mim. E se ela não tivesse me mordido, eu nem seria um vampiro! Mesmo assim, eu ainda me sentia culpado.

— Martha! — gritei na escuridão.

Sem resposta.

— Martha! — gritei mais alto.

Nada.

Sobrevoei a área com minha visão noturna para procurar por ela, até que ouvi o canto de uma coruja. Estava ficando tarde, e eu precisava cair fora daquele lugar. Durante o voo de volta para casa, fui pensando no que poderia ter acontecido.

Quem ganhou a briga? Onde eles estavam? Quem ficou com o livro? Se estivesse com Darcourt, será que ele o entregaria para o Conselho de Lobisomens? Ou então para a Sociedade dos Transmorfos, o grupo que, segundo Martha, era pior ainda? Será que Darcourt voltaria se não conseguisse pegar o livro? Será que Martha estava muito brava?

Darcourt era grande e forte, mas Martha era muito inteligente e podia se transformar em morcego, em fumaça ou até hipnotizá-lo. Além disso, ela tinha duzentos e quarenta e quatro anos de idade e provavelmente já lutara contra muitos lobisomens. Eu podia apostar que ela o enganaria e conseguiria apanhar o livro de alguma forma. Mas, caso não conseguisse, seria muito bom que ela não estivesse me esperando em casa, e eu rezava por isso.

o o o

Quando cheguei em casa, Martha não estava a minha espera, o que foi um alívio. Mas Emma estava, o que era ainda pior. Ela entrou em meu quarto sem bater, como sempre.

— O que houve? — ela perguntou. — Você saiu correndo atrás daquele tal de Darcourt e deixou a gente na comic-con. Ficamos um tempão te procurando!

Eu duvidava muito disso.

— Ah, eu tinha umas coisas de vambizomem pra fazer.

— Para onde Darcourt foi?

Eu sabia que ela não dava a mínima pra mim. Emma estava caidinha por Darcourt. Ela se apaixonava por qualquer um em, tipo, cinco minutos. Se Emma soubesse que ele era um lobisomem, não gostaria dele. Ou será que gostaria? Nos filmes, as garotas gostam de lobisomens. Mas, como Dusty disse, a vida real é diferente.

— Ele disse alguma coisa sobre mim? — Ela quis saber. — Você acha que ele gostou de mim? Você tem o número dele?

— Você não tem um namorado, Emma?

— Tenho! Mas... eu posso fazer amizade com garotos, né?

— Não pode, não! Principalmente com garotos altos e bonitões por quem você tem uma quedinha.

— Não é verdade! Você... é um bebezão! — E, bufando, ela se virou e bateu a porta.

— Quem bater a porta vai ter que me pagar cinco pratas! — papai reclamou da sala de estar, fazendo a gente se lembrar da regra que ele criou: para evitar batidas de porta, para cada batida havia uma multa de cinco pratas.

— Não fui eu! — Emma gritou.

— Foi, sim! — eu gritei.

— Sei que foi você, Emma! — papai acusou. — Conheço o som de sua batida.

— Impossível! — Emma retrucou.

— Chega de gritaria! — mamãe encerrou o assunto.

○ ○ ○

Depois de pensar bastante, decidi não contar a Zeke sobre Dusty e o Nirvana Zumbi. Ele não é muito bom em guardar segredos, e eu não queria ter que hipnotizá-lo de novo. Já fiz isso uma vez para fazê-lo parar de pular, mas acabei sentindo falta de seus pulinhos.

Eu entrei no site sobre o qual Martha me falara, aquele que avisava quando Darcourt estava por perto. No site, havia uma mensagem dizendo: ESTE SITE NÃO ESTÁ MAIS DISPONÍVEL. Meu celular tocou. Era uma mensagem de Martha. Respirei fundo e li:

Lutei contra Darcourt e consegui derrotá-lo. Estou com o livro.

Que alívio! Mas aí, li o resto da mensagem:

Nós nunca mais conversaremos ou voltaremos a nos ver.

Martha Livingston.

5.
O convite

Quase perdi a hora do ônibus escolar, na manhã seguinte, porque esqueci de passar filtro solar e tive que voltar correndo para casa. Quando cheguei ao ônibus, encontrei Annie lendo um livro, Capri desenhando um coração em um céu, Salsicha dormindo e Zeke espremendo o nariz contra a janela. Eu me sentei ao lado de Annie.

— Oi, Annie, o que está lendo?

Ela me mostrou o livro.

— *Bravura indômita*. É sobre uma menina de catorze anos que contrata um caubói para ajudá-la a vingar a morte do pai. É muito bom.

Aquilo me fez lembrar de Dusty.

Annie olhou para cima.

— Nesmith tá vindo...

Maren Nesmith se aproximava pelo corredor com aquele sorriso falso dela. Provavelmente queria contar sobre algum lugar chique que visitou ou algum presente caro que seus pais lhe deram.

— Ei, pessoal! Vocês ainda têm aquela banda? Incólume, né?

Annie revirou os olhos.

— O nome da nossa banda é Incógnita.

— Mais que demais! E você ainda toca, Tom?

— Aham — respondi. Por que ela faria essa pergunta?

— Mais que demais! Meu aniversário é daqui, tipo, a duas semanas.

Maren *nunca* nos convidou para suas festas de aniversário.

— Você está convidando a gente para sua festa? — Capri meio que arregalou os olhos.

— Não... quer dizer, sim! Eu quero que a sua banda toque na festa. Vai ser no sábado à noite, e será mais que demais!

"Mais que demais" era sua nova expressão preferida. Era irritante mais que demais.

— Vai ter dez tipos de pizza! E um caricaturista! E um mágico! E um DJ! E uma pista de dança! E uma árvore de rosquinhas!

— Uma árvore de rosquinhas?! — Zeke exclamou. — Que maravilha! Que horas vai ser?

— Às seis da tarde.

Nesse momento, Salsicha acordou.

— Quanto você vai pagar pra gente. — Salsicha também não gostava da Maren, mas gostava de dinheiro.

— Eu vou ter que pagar? — Ela fez uma careta.

— Vai — Annie afirmou. — A gente só toca de graça se for por uma causa nobre, como proteger os animais ou salvar a natureza.

— Tranquilo! Vou ligar para a mamãe em meu novo It-Phone 20. — Ela sacou o celular e o exibiu descaradamente. — Vocês já viram?

— Já — eu disse. — Você o mostrou um milhão de vezes.

— É mais que demais! Já volto!

Ela voltou para seu lugar. Quando achei que Maren já não podia me ouvir, comentei:

— Eu não quero tocar na festa dela! Maren é uma mala!

Ninguém discordaria de mim. Quando contei na escola que eu era um vambizomem, Maren achou que eu iria mordê-la e sugar seu sangue. Ela pulou para uma carteira bem longe de mim na aula de inglês. E sempre mantém uns cinco metros de distância quando nos encontramos no corredor.

— Eu quero ir! — Zeke contrapôs. — Sabia que na casa dela tem uma piscinona?

— Estamos no inverno, Zeke. Ninguém vai nadar.

— Eu vou levar minha roupa de banho. — Ele me olhou com petulância.

— Você nem tem roupa de banho.

— Posso fazer uma usando uma capa de chuva e fita adesiva.

Zeke acha que pode fazer qualquer coisa usando fita adesiva.

— Quero ver a cachorrinha dela. — Capri suspirou, encantada.

Maren não para de se gabar por causa daquela cadela. Ela se chama Preciosa, e só de pensar nesse nome já me sinto enjoado.

— Provavelmente a cachorra vai te morder — eu disse.

— Eu queria conhecer a casa dela. — Salsicha também não gostava da Maren, mas, além de gostar de dinheiro, ele meio que tem uma quedinha por ela.

Não entendo como isso é possível. Como a gente pode gostar de alguém de quem não gosta?

— Por que ela não contrata o 5inco Gatos pra tocar? — eu sugeri.

Essa era uma banda famosa que tinha uma música que se chamava *Adoro seu rosto*. Maren amava aquela banda.

— Os pais dela são ricos, mas não *tão* ricos assim. — Annie deu de ombros.

Maren não é uma chata porque é rica. Shay Barndell é muito legal e também é rica, e Otto Fite é muito mais rico do que Maren ou Shay, e também é legal. Maren é só chata mesmo.

— Bom, nessa data eu não posso. — Que desculpa eu vou dar? — Tenho que ir ao recital de harpa da minha irmã.

— Você disse que Emma parou de tocar harpa. — Por que Zeke tem que se lembrar de tudo que eu conto pra ele?

— Ela tá voltando, ela tá voltando — Salsicha sussurra. Maren vinha em nossa direção pelo corredor do ônibus.

— Beleza! Tudo certo!

— Quanto você vai pagar? — Salsicha perguntou.

Ela disse o valor.

— Pra cada um? — Annie indagou, surpresa.

Era um dinheirão. Ninguém achou que seria tanto assim.

— É.

Annie fingiu estar pensando.

— Vamos ter que perguntar para Abel.

— Confirmem até a hora do almoço. — E Maren retornou para junto de suas amigas.

Todo mundo ficou olhando para mim.

Fingi que estava brincando com o zíper da minha mochila.

— Bom... acho que dá pra perder o recital de harpa da Emma. Talvez seja bom a gente ensaiar.

Tenho que admitir: eu também gosto de dinheiro.

— Muito bem, então. — Annie me encarou. — Tom, pergunte para Abel se ele pode.

○ ○ ○

Abel estava em frente ao armário. Ele usava um terno azul-marinho listrado e escrevia sua frase diária no quadro branco que havia pendurado ali:

"ESTEJA SEMPRE DISPOSTO A ESTENDER A MÃO PARA AJUDAR ALGUÉM. TALVEZ SUA MÃO SEJA A ÚNICA ESTENDIDA." — ROY T. BENNETT.

Aquilo me fez lembrar de Dusty.

— Bom dia, senhor Marks — Abel me cumprimentou. — Espero que seu fim de semana tenha sido agradável.

Não foi, mas eu disse que sim.

— Você não vai acreditar, mas Maren Nesmith pediu para a gente tocar na festa de aniversário dela no próximo sábado. Ela vai pagar. Você tá a fim?

Abel baixou a caneta.

— Interessante... Você acredita que ela possa ter segundas intenções com esse convite?

— Como assim?

— Uma razão secreta ou disfarçada para nos convidar, além da nossa música.

— Talvez... não sei.

Ele pegou um livro e colocou na pasta.

— Uma contratação dessa natureza seria bastante benéfica para nossa experiência coletiva como músicos.

Tá, então parecia que todos na banda tinham um motivo para tocar na festa da Maren.

— Abel, você já ouviu falar de um lugar chamado Nirvana Zumbi?

Ele fechou os olhos por cerca de cinco segundos, e então tornou a abri-los.

— Não. Jamais ouvi esse nome intrigante. Posso perguntar por que está interessado?

— Ah, nada. Só curiosidade.

Abel sabia de tudo. Se ele nunca tinha ouvido falar do Nirvana Zumbi, provavelmente é porque o lugar não existia. Que bom que Dusty não tentou ir, senão iria se decepcionar. Aquilo me deixou um pouco mais tranquilo.

Mas e se o lugar fosse secreto? Como Abel poderia saber? E, ao lembrar do mapa sobre o qual Dusty havia comentado, fiquei nervoso outra vez.

6.

Tanner Gantt, é você mesmo?

— E aí, Marks?

A voz que vinha de trás de mim parecia a de Tanner Gantt, mas ele nunca me chamou de Marks nem de Tom. Era sempre Bizonho, Medonho ou alguma maldade do tipo. Eu me virei. Era ele *mesmo*, escondido debaixo de uma escada que levava ao segundo andar. Tanner parecia nervoso, como se estivesse em apuros.

— Vem cá — ele disse.

Fui até ele.

Tanner falou baixo:

— Você contou para alguém sobre o que aconteceu ontem?

Ele se referia à surra que levou de Dennis Hannigan e ao fato de ter chorado feito um bebezinho, além de eu ter salvado sua vida.

— Não.

Era verdade, eu não tinha contado para ninguém. Mas queria *muito* contar para Zeke. E para Annie, para Abel, para Capri e para Salsicha. Enfim, para a escola inteira.

— Você vai contar?

Fechei os olhos, como Abel fez, e fingi estar pensando. Então, abri os olhos.

— Não sei…

Eu tinha feito Hannigan prometer que nunca mais atacaria Tanner Gantt ou então eu sugaria seu sangue e comeria seu cérebro. Eu nunca faria isso, mas Hannigan não tinha como saber.

Tanner olhou para os lados para garantir que ninguém nos observava.

— Se você não contar pra ninguém, eu nunca mais te sacaneio.

Será? Não dá para confiar em Tanner. Talvez seja melhor obrigá-lo a assinar um contrato.

— Tá bom — eu disse.

— Tá — ele concordou.

— E você não pode mais sacanear nenhum dos meus amigos nem fazer nada contra eles.

Ele respirou fundo.

— Tá bom.

Tanner começou a se afastar, mas então parou e se virou.

— Ei, você ainda tem aquela banda com Annie Barstow?

— Tenho.

— Vocês estão sem baixista, né?

— Estamos.

Tanner ficou parado por um segundo, como se estivesse esperando que eu dissesse alguma coisa.

— Por quê? — eu perguntei.

— Nada. — E ele foi embora.

o o o

— O que será que está acontecendo com Tanner Gantt? — Annie perguntou enquanto almoçávamos a nossa mesa de sempre na cantina. — Ele passou por mim e não falou nenhuma besteira.

— O mesmo comigo! — Salsicha afirmou. — Eu derrubei um livro, e ele não riu nem chutou para longe. Só passou por mim e seguiu andando.

— Eu esbarrei nele sem querer e ele até pediu desculpas. — Capri chacoalhou a cabeça.

Zeke se virou para mim.

— Você hipnotizou o cara, Tonzão?

— Não, Zeke.

— Talvez alguém tenha trocado o cérebro dele — Zeke sugeriu.

Abel parou de comer o bolo de banana que ele mesmo tinha feito, pra dizer:

— Talvez Gantt tenha tido uma epifania ou uma experiência traumática que o fez repensar seu comportamento e mudar sua personalidade radicalmente.

Será que Abel sabia o que havia acontecido?

Ele continuou:

— O comportamento em um único dia não significa uma mudança permanente. No entanto, talvez ele esteja fazendo um esforço consciente para alterar sua natureza e levar uma vida mais satisfatória.

— Ou talvez Tanner Gantt esteja sendo gentil porque... estamos vivendo em um universo paralelo! — Zeke arregalou os olhos.

Eu não podia contar para eles por que Tanner estava legal, senão teria que revelar tudo o que acontecera. Que situação. Uma verdadeira incógnita.

7.
A questão Tanner Gantt

Tanner Gantt cumpriu a promessa. Ele não xingou ninguém, não tirou sarro de nós, nem fez nada de ruim. Dava para ver que, às vezes, sentia vontade, mas se controlava. Ele até passou a me cumprimentar quando nos encontrávamos no corredor. Zeke ainda achava que o cérebro dele tinha sido trocado ou que estávamos em outra dimensão.

Alguns dias depois, nós almoçávamos na cantina e eu sussurrei:

— Pessoal... não olhe agora, mas Tanner Gantt está vindo para cá.

Todos olharam! Por que as pessoas sempre fazem isso? Ele veio na direção de nossa mesa, e todo mundo ficou tenso. Era uma reação natural. Estávamos acostumados a reagir assim havia sete anos.

— E aí? — ele cumprimentou.

Será que Tanner queria almoçar com a gente? Isso nunca aconteceu em toda a história da humanidade.

— O que foi? — Annie perguntou, cautelosa.

— Ouvi dizer que a banda de vocês vai tocar na festa da Maren.

Será que Maren convidara Tanner para a festa? Ninguém o convidava para as festas. A última em que eu o vi foi na primeira série, no aniversário de Mason Cameron. Ele fez Mason chorar, derrubou bebida em Esteban Marquez, jogou um garoto chamado Connor na piscina e roubou um dos presentes.

— É. Nossa banda vai tocar — Annie confirmou.

— Por que vocês não têm um baixista? — ele quis saber.

— Porque não — disse Salsicha.

— Ia ficar mais maneiro se tivesse um baixo.

— Por que você se importa? — Annie perguntou.

— Eu achei que, sei lá, de repente eu poderia tocar baixo com vocês.

Zeke quase desmaiou. Capri deixou o hambúrguer de tofu cair. Abel derrubou chá em seu terno cinza.

— Você não toca com aquela banda dos moleques da oitava série? A Caveira Cavernosa?

— A banda acabou, Marks. Nathanson vendeu a bateria, e Ross vai se mudar para outro estado.

— Por que você quer tocar com a gente?

Ele deu de ombros pra Annie.

— Vocês não são ruins. E não há mais nenhuma outra banda na escola.

Annie encerrou o assunto:

— Vamos pensar.

Sério? Annie acabou de dizer isso mesmo? Será que o cérebro dela também foi trocado? Eu sabia que Tanner só estava sendo legal com a gente porque salvei a vida dele. Mas tocar em nossa banda? Aí já era loucura.

o o o

— Tanner Gantt em nossa banda? Nem pensar! — eu disse, depois que ele foi embora.

— Concordo — Zeke me apoiou. — Prefiro Dedo Torto tocando com a gente.

Dedo Torto era o novo vilão do jogo de videogame *Rabbit Attacks*.

— Eu não tocaria na mesma banda que ele nem por um milhão de dólares! — Era mentira, óbvio. Salsicha tocaria na mesma banda que Voldemort, Darth Vader, a Bruxa Malvada e Thanos por cem pratas.

— Pois é... — Annie torceu a boca. — Mas... a gente tava mesmo precisando de um baixista.

— A personalidade dele está radicalmente diferente há vários dias — Abel nos lembrou.

Capri balançou a cabeça.

— Uma vez babaca, sempre babaca. É o que dizem.

— Tá, mas às vezes as pessoas mudam — Annie responde.

— Não, não mudam! — eu retruquei. — Elas dizem que vão mudar, mas não mudam.

— Você se transformou em um vambizomem — Zeke comenta.

— Isso é completamente diferente.

— Vocês se lembram do show de talentos? Tanner toca baixo superbem — Annie afirma.

Abel fez que sim com a cabeça.

— Em termos musicais, seria interessante introduzir os sons graves fortes que o baixo traz.

— É verdade. — Capri ergue as sobrancelhas.

— Praticamente toda banda tem um baixista — sugere Salsicha.

Eu precisava fazer alguma coisa para evitar que aquilo realmente acontecesse.

— Ei! Calma lá! Vocês estão se esquecendo de todas as coisas horríveis que Tanner Gantt já fez?

Eu tinha a lista pronta na cabeça.

Coisas horríveis que Tanner Gantt já fez:
1. Roubou o skate do Zeke.
2. Quebrou o lápis da Peppa Pig do Salsicha na segunda série.
3. Colou chiclete no cabelo da Capri. Duas vezes.
4. Jogou o livro *Beezus e Ramona*, da Annie, no telhado, durante a primeira série.
5. Xingou todos nós com vários palavrões diferentes.
6. Tirou sarro dos ternos e da pasta do Abel.
7. Colocou alho em minha fantasia durante o show de talentos.
8. Fantasiou-se de vambizomem no Halloween.
9. Roubou minha miniatura da Garota Aspirador e tentou vendê-la na internet.
10. Fez um boneco de neve em forma de vambizomem.

Quando eu estava prestes a começar a compartilhar a lista, Annie começou a falar, determinada, empurrando os óculos no nariz com um dedo.

— Olha, façamos o seguinte: vamos testá-lo no ensaio de quarta-feira. Se ele fizer *qualquer coisa* que nos irrite, ele cai fora da banda.

— E se for uma armadilha? — disse Zeke, nervoso. — E se ele fizer alguma coisa muito, muito ruim?

— Não temos motivos para nos preocupar. — Annie olhou para mim e sorriu. — Temos um vambizomem para nos proteger.

Foi legal saber que a Annie me via como um protetor. Eu preferia mil vezes protegê-la de Tanner Gantt do que proteger Tanner Gantt de Dennis Hannigan.

o o o

No intervalo entre as últimas aulas, eu e Annie encontramos Tanner Gantt no corredor e dissemos que ele podia fazer um teste para entrar em nossa banda.

Ele ficou bravo.

— O quê?! Um teste? Eu toco tão bem quanto você ou Abel.

— Você quer fazer o teste ou não? — Annie foi inflexível.

Tanner Gantt cruzou seus braços. Descruzando, ele respondeu:

— É... tá bom. Quando?

— Em minha casa, amanhã às quatro da tarde. Não se atrase.

8.
Teste

Tanner Gantt chegou às quatro e quinze pro ensaio.
— Você tá atrasado. — Annie o encarava, segurando a porta aberta.
— O carro da minha mãe quebrou.

Ele estava com o baixo pendurado no ombro, sem capa. Ao lado dele, havia um carrinho de puxar, daqueles de criança, carregando um amplificador.

— Você trouxe seu amplificador até aqui nesse carrinho? — Ela estranhou.

— Foi.

Se Tanner visse um de nós usando um carrinho de brinquedo, ele nos zoaria por muitos anos.

Tanner entrou com as coisas todas. O amplificador parecia um pedaço de sucata.

— Por que seu amplificador está tão detonado? — eu quis saber. — O som tá bom?

— Se não estou enganado, este é um amplificador contrabaixo Fender, modelo vintage 1971. Muito cobiçado por muitos baixistas por seu som primoroso — informou Abel.

— Como é que você sabe disso? — Tanner franziu a testa.

— Abel sabe de tudo.

— Como você conseguiu um desses? — Abel indagou, curioso.

Aposto que ele roubou.

— Era do meu pai.

Annie mostrou a Tanner onde ele podia ligar o amplificador e deu um aviso:

— Se você se atrasar mais uma vez, tá fora da banda.
Ele ligou o aparelho.

— Achei que eu ainda não estivesse na banda.

— Ah… é verdade. — Ela estreitou os lábios.

Zeke estava no cantinho da sala, o mais longe possível de Tanner Gantt, agarrado ao banjo.

— Zeke, por que você está aí no canto?

— Ele vai aprontar alguma — Zeke sussurrou, nervoso.

— Tipo o quê?

— Sei lá. Mas quero estar bem longe quando acontecer.

Annie prendeu a guitarra na corda e pendurou no pescoço.

— Beleza, então a gente vai tocar uma música pra você ouvir até o final. Depois eu te ensino, e você pode tentar tocar junto.

Tanner Gantt só deu de ombros.

— A música se chama *Plástico ou papel*. O tom é Ré.

Nós começamos a tocar. Tanner Gantt ficou olhando para as mãos de Annie na guitarra. Nós tocamos dois versos e o refrão, e ele já entrou para tocar com a gente. Annie fez uma cara feia. Tanner deveria esperar, mas ele já tinha pegado os acordes, o ritmo... tudo.

Perfeitamente.

Quando Tanner começou a tocar, nosso som ficou mil vezes mais maneiro. Parecia, finalmente, uma banda de verdade. Nós trocamos olhares rápidos, para não deixar Tanner perceber. Abel sorriu e começou a balançar a cabeça no ritmo da música. Salsicha deixou cair uma baqueta. Capri parou com o piano até que Annie a cutucou com a ponta da guitarra para ela voltar a participar.

Tanner Gantt era tão bom que fiquei até um pouco irritado. Eu queria que ele fosse ruim, para a gente não ter que pensar na possibilidade de deixá-lo fazer parte da banda. Quando terminamos a música, ninguém disse nada.

— O que foi? — ele perguntou.

— Ahm... nada — Annie respondeu.

— Querem tocar de novo? Eu posso cantar o refrão para harmonizar. Que tal? — Tanner sugeriu.

— Você canta? — Annie perguntou.

— Um pouquinho.

Certa vez, eu ouvi Tanner Gantt cantar. Ele estava sentado no balanço no parquinho à noite, sozinho, como costumava fazer. Até que ele não cantava mal.

— Você não precisa cantar — eu disse. — Já temos dois cantores, eu e Annie, e nós cantamos juntos o refrão.

— Então, posso cantar a terceira parte. — Foi a sugestão dele.

— Seria bem bacana fazer a harmonia com três vozes. — Annie balançou a cabeça.

— Mas nós só temos dois microfones — argumentei.

— Eu posso dividir com Tanner. — Annie deu de ombros.

Nós tocamos a música outra vez. Tanner ficou ao lado de Annie, perto do microfone. Ele se aproximou para cantar durante o refrão. Mas isso nem foi o pior.

A voz dele era incrível.

O cara cantava quase tão bem quanto eu.

Depois que terminamos a música, Annie disse:

— Precisamos fazer uma reunião particular entre a banda.

Nós fomos para a cozinha e deixamos Tanner Gantt na sala.

— Alguém deveria ficar lá de olho, pra ele não roubar nada — argumentou Zeke.

— Quer ir lá ficar de vigia? — Annie o olhava com sarcasmo.

— De jeito nenhum! — Zeke respondeu. — Não quero ficar sozinho com ele.

Fizemos uma rodinha e conversamos baixinho, para que Tanner não nos ouvisse, o que provavelmente ele estava tentando fazer.

— E aí? O que vocês acham? — Annie começou.

— Ele é excepcional tanto como musicista quanto como cantor — Abel opinou.

— Você acha mesmo que ele canta tão bem assim? — Eu arqueei uma sobrancelha.

— Não tenho dúvida. — Abel arqueou as duas sobrancelhas.

— Nosso som ficou muito melhor! — Capri não se conteve.

— Se ele entrar para a banda, a gente vai ganhar muita grana! — Salsicha olhava de um para o outro.

— Você acha mesmo? — Zeke franziu a testa.

— O que você acha, Tom? — Annie quis saber.

— Ah, bem... Pra mim, ele até que toca e canta bem.

Annie me olhou como se eu fosse maluco.

— Ele toca e canta muito bem. — Ela fechou a cara. — Mas ainda não estou decidida.

○ ○ ○

Nós voltamos para a sala. Tanner Gantt observava as fotos de Annie com a família penduradas na parede. Ao nos ouvir nos aproximando, ele se virou.

— E aí? Tô dentro?

— Antes, eu tenho uma pergunta. — Annie pendeu a cabeça para o lado. — Você foi um babaca com a gente por vários anos. O que mudou agora?

Tanner olhou rápido para mim e voltou a olhar para Annie.

— Ah... é que... eu decidi agir diferente, sabe?

— Tá. Vamos fazer um teste na festa de Maren. Mas se você fizer qualquer coisa que a gente não goste, você cai fora. O próximo ensaio é na sexta-feira. Não se atrase de novo.

○ ○ ○

No dia seguinte, na escola, várias coisas me fizeram lembrar de Dusty. Parecia até que os professores tinham se reunido e combinado de me fazer lembrar do meu amigo zumbi para me convencer a ajudá-lo a fugir para o Nirvana Zumbi!

Na aula de Literatura, o professor Kessler leu um conto chamado "O caubói solitário". Na aula de História, a professora Troller falou sobre soldados da Segunda Guerra Mundial que escaparam de um campo de prisioneiros. Na aula de Artes, o professor Baker mostrou uma pintura com a frase FAÇA O QUE É CERTO! E a professora de Música nos fez cantar em coro uma música chamada *Conte comigo*.

Eu sei como é horrível ser zumbi, mas devia ser muito pior ficar, como Dusty, amarrado o tempo todo a uma cadeira, trancado em um *trailer* velho, sujo e escuro. Ter que suportar as pessoas encarando e ganhar comida só quando o chefe decidia jogar alguma coisa na direção dele.

No ônibus de volta pra casa, decidi que eu precisava tentar levar Dusty até o Nirvana Zumbi. Mas eu sabia que não conseguiria fazer isso sozinho. Foi então que me dei conta de que só havia uma pessoa que poderia me ajudar.

9.
Bolando o plano

— Aqui é Luc-Droide para Em-Droide! Está me ouvindo?

— Positivo, Luc-Droide! Em-Droide ouvindo claramente!

Emma e seu namorado, o Garoto Cenoura, agora se chamavam por apelidos novos e muito ridículos: Em-Droide e Luc-Droide. Eles tiraram a ideia do segundo filme mais chato do mundo: *Romeu-Autômato e Julieta-Ciborgue*, que conta a história de dois robôs que se apaixonam. Emma obrigou o Garoto Cenoura a assistir ao filme. Ele queria ver *Fuga do Planeta das Borbulhas*, que é milhões de vezes melhor. Mas Emma sempre consegue o que quer.

Como se não bastassem os apelidos ridículos, agora eles também tinham decidido conversar com voz de robô. Era extremamente irritante.

— Luc-Droide precisa de recarga de energia?

— Negativo, Em-Droide. O sistema Luc-Droide está com carga completa.

Eu queria exterminar os dois.

Eles estavam deitados no sofá, enrolados um no outro feito um pretzel. Aquela posição não parecia nada confortável. Como o filme era superchato, o Garoto Cenoura começou a cochilar, então Emma o acordou com uma cotovelada.

— Por que Luc-Droide desligou?

O Garoto Cenoura abriu os olhos.

— Negativo, Em-Droide. Luc-Droide não desligou.

— Os olhos de Luc-Droide estavam fechados! Perderam a melhor parte do filme.

Não havia nenhuma parte boa naquele filme.

— Ahm... Luc-Droide não dorme. Apenas fecha os olhos para poupar energia e processar as palavras.

— Isso não procede, Luc-Droide!

Eu não prestava muita atenção a eles porque estava fazendo uma lista mental.

Seis motivos para o Garoto Cenoura me ajudar a salvar Dusty:

- Ele tinha um carro.
- Ele adorava parques de diversão.
- Ele adorava zumbis.
- Ele adorava filmes sobre fugas.
- Se ele pudesse ajudar um zumbi gente boa a fugir para um refúgio de zumbis, provavelmente ajudaria.
- Ele era um cara legal, mesmo gostando da Emma por algum motivo desconhecido.

Fingi assistir ao filme por um tempo, e então coloquei meu plano em ação. Eu não podia me esquecer de tratá-lo pelo nome verdadeiro. Garoto Cenoura era como Emma o chamava antes de eles se tornarem namorados, por causa de seu cabelo ruivo.

— Lucas, você gosta de parques de diversão?

— Adoro!

— Tem um parque superlegal perto de Clarksville. Quer ir?

— Cara, é longe pra caramba. Umas duas horas de carro.

Ele não estava falando com a voz de robô, e a Emma ficou brava.

— Luc-Droide! Você é um robô!

Ele voltou a usar a voz robótica:

— Desculpe, Em-Droide! Falha de memória! Tom-Droide, o local fica a duas horas de distância.

— É, tô sabendo. Mas é um parque que tem cinco estrelas no site de avaliações de parques de diversão — eu inventei. — Quer ir comigo no próximo final de semana? Eu pago sua entrada.

— Afirmativo, Tom-Droide! Em-Droide, preparar para expedição ao parque de diversões!

Emma parou de fazer a voz robótica insuportável e começou a falar com sua voz insuportável normal:

— De jeito nenhum! Eu tenho horror a parques de diversão! Os brinquedos são perigosos, e os funcionários, assustadores!

Deixei Emma dar seu chilique.

— A comida é salgada demais, doce demais, gordurosa demais. Só tem fritura, e todos os jogos são manipulados para ninguém conseguir ganhar.

Perfeito. Ela nunca iria conosco. A festa de Maren era na sexta-feira, então precisávamos resgatar Dusty no sábado.

— Você não precisa ir, Emma. Quer ir no próximo sábado, Lucas? — convidei.

— Ele não pode. — Emma se adiantou.

— Por que não? — O Garoto Cenoura olhou pra ela.

— Você tem que me levar à aula de sapateado.

Minha irmã acabara de começar a fazer aula de sapateado. Eu sabia que ela desistiria em uma semana, assim como acontece com tudo que ela faz.

O Garoto Cenoura suspirou.

— Ah... é verdade. Foi mal, cara.

Eu não podia desistir:

— E no domingo?

Na segunda-feira o parque ia deixar a cidade. Domingo seria minha última chance de resgatar Dusty.

— Nós vamos fazer alguma coisa no domingo, Emma? — ele perguntou.

Eu vi que ela estava tentando achar alguma desculpa para o namorado não ir, mas não conseguiu pensar em nada.

— Não... Podem ir ao parquinho bobo de vocês.

— Tem certeza de que não quer ir junto? — o Garoto Cenoura insistiu.

Que garoto insuportável...

— Nunquinha. — E aí Emma voltou a falar com a voz robótica insuportável: — Luc-Droide! Assistir ao filme! Encerrar a conversa!

Ufa! Tudo certo. Dusty chegaria ao Nirvana Zumbi. Mas, antes, Tanner Gantt tocaria com nossa banda na festa de Maren.

10.

Trato é trato

Tivemos mais dois ensaios da banda com Tanner Gantt. Ele não se atrasou para nenhum deles. Annie deixou que ele fizesse os vocais de fundo e até que cantasse uma música sozinho. Eu não achei necessário Tanner ter uma música solo, mas não disse nada. Zeke ainda mantinha uns cinco metros de distância dele.

Tínhamos dez músicas para tocar na festa da Maren. Capri queria que aprendêssemos algumas músicas novas de cantores e bandas famosos, mas Annie afirmou que não éramos uma banda *cover* e que só tocaríamos músicas compostas por nós.

— Vamos para o bairro chique! — Zeke comemorou quando entramos no carro para ir à casa de Maren.

Ela morava em um bairro cheio de mansões. Antes de vir estudar conosco no Colégio Hamilton, Maren estudava em uma escola particular chamada Ridgeview Academy.

Minha mãe me levou junto com Zeke uma hora antes do início da festa, para que pudéssemos nos organizar. O resto da banda já estava lá. Era noite de lua cheia, então eu me transformei em lobisomem, o que era bom, pois poderia cantar com minha voz grave, rouca e rock 'n' roll. Tanner Gantt não conseguia cantar daquele jeito.

Uma senhora rabugenta parada no jardim em frente à casa ao lado ficou nos olhando descarregar nossos equipamentos.

— Se vocês fizerem muito barulho, vou chamar a polícia!

Pensei em dizer uma frase de Gram — "Se não fizer barulho, não é rock 'n' roll!" —, mas me controlei.

Havia uma van roxa estacionada na entrada da garagem da casa de Maren, com uma propaganda que dizia "MONTY, O CARA DA MÚSICA — MELHOR DJ DE TODOS OS TEMPOS! MÚSICA PARA TODAS AS OCASIÕES! CASAMENTOS, ANIVERSÁRIOS, FESTAS DE 15 ANOS, ENTERROS E FUNERAIS".

— Ela também contratou um DJ? — questionou.

— Maren é rica, Capri. — Salsicha chacoalhou a cabeça.

— Não, os *pais* dela são ricos — Annie corrigiu.

— Um dia ela vai ser rica — disse Tanner Gantt.

Annie foi bater na porta, e a mãe da Maren abriu. Ela era a cara da Maren, só que mais alta e mais velha.

— Oi, senhora Nesmith — Annie cumprimentou.

Ela olhou esquisito para Annie.

— Vocês chegaram cedo. A festa só começa daqui a uma hora. Voltem às... Isso aí é um cachorro? Por que ele não está usando coleira?

Ela estava olhando para mim. Tanner Gantt riu.

— Ele não é um cachorro. É Tom, nosso cantor — Annie respondeu.

Eu acenei com a pata.

— Oi, senhora Nesmith. Sou colega da Maren na escola. Sou um vambizomem. Ela não falou sobre mim?

A senhora Nesmith deu um sorriso falso, igualzinho ao da filha.

— Ah... sim... claro. O garoto especial.

— É noite de lua cheia, então eu virei lobisomem. Mas não vou morder ninguém, prometo.

Aprendi a dizer coisas assim porque algumas pessoas ainda acham que vou mordê-las, devorá-las ou sugar seu sangue.

— O que vocês vão fazer com todos esses equipamentos? — A senhora Nesmith quis saber.

— Nós somos a Incógnita — Annie respondeu com orgulho.

— Vocês são o quê?

— A Incógnita! — Zeke repetiu, dando um soco no ar. — Somos a banda! Estamos prontos para agitar a parada!

— Maren nos contratou para tocar na festa — Annie esclareceu.

— Do que vocês estão falando? — A senhora Nesmith franziu a testa. — Eu não estou sabendo de nada disso.

— Ah, será que a senhora não esqueceu? — Annie afinou os lábios. — Ela ligou para a senhora do ônibus da escola e nos disse que tinha concordado.

— E que a senhora vai pagar para a gente tocar. — Salsicha sorriu.

— Maren não me pediu para ter uma banda na festa — a senhora Nesmith retrucou.

— Será que ela não pediu para o pai? — Zeke sugeriu.

— O pai dela não está aqui.

— Será que ela não quis fazer uma surpresa? — Capri ergueu as mãos.

Annie estava perdendo a paciência.

— Nós precisamos entrar para instalar os equipamentos.

Zeke mostrou a roupa de banho que improvisara usando uma capa de chuva e fita adesiva.

— Eu trouxe minha roupa de banho, senhora Nesmith. Posso nadar?

A senhora Nesmith deu outro sorriso falso e disse:

— Esperem aqui. Eu já volto. — E fechou a porta na nossa cara.

— Que grossa! — Annie resmungou.

— Ela não vai deixar a gente tocar — disse Tanner Gantt. — Vamos embora.

— Não vamos a lugar algum — retrucou Annie.

Capri suspirou.

— Eu queria tanto ver a cachorrinha...

— Eu estava ansioso para contemplar a coleção de obras de arte. — Abel suspirou também.

A porta da frente abriu. Maren estava parada atrás da mãe.

— Maren, o que você tem a dizer para seus amiguinhos? — indagou a mãe.

— Eu não deveria ter pedido para vocês tocarem sem pedir autorização — Maren falou tão baixinho que mal dava para ouvir.

— Eu contratei um DJ. Nós não precisamos de uma banda — afirmou a senhora Nesmith.

— Como é? — Annie franziu as sobrancelhas.

— Mas por que eles não podem tocar? O papai vai pagar, eu sei que vai. — Maren encarava a mãe.

— Seu pai não está contribuindo com esta festa. Estou pagando tudo sozinha.

Maren saiu batendo os pés.

— Sinto muito, mas a banda não irá tocar. Vocês podem voltar daqui a uma hora. — A senhora Nesmith começou a fechar a porta, mas Annie estendeu a mão e a impediu.

— Calma aí! Nós ensaiamos por duas semanas! Até contratamos um baixista!

— E eu aprendi dois acordes novos no banjo — Zeke adicionou.

— Eu comprei uma roupa nova. — Capri jogou o cabelo.

Abel pigarreou para falar:

— Posso oferecer uma sugestão, senhora Nesmith? Talvez nós pudéssemos fazer um espetáculo abreviado, com três ou quatro canções, no momento em que melhor lhe aprouver?

— Nós não precisamos da banda. — E ela fechou a porta.

11.

Arma secreta

— Eu odeio a Maren! — Capri bufou.

— Eu odeio a mãe dela! — disse Salsicha.

— Acho melhor ligarmos para nossos pais virem nos buscar.

— O quê? — Zeke arregalou os olhos. — Não vamos voltar daqui a uma hora para a festa? E a árvore de rosquinhas?

— Eu não quero ir a essa porcaria de festa da Maren! — Capri fechou a cara.

— Ela devia nos pagar de qualquer jeito — afirmou Salsicha. — Vamos consultar um advogado. Nós tínhamos um trato. Eu vi alguém falando disso na TV.

Percebi que Annie estava pensando na possibilidade.

— Nós ainda podemos tocar — ela disse.
— Como? — todos indagamos ao mesmo tempo.
Annie sorriu para mim.
— Nós temos uma arma secreta.

o o o

Annie bateu à porta de novo. Eu estava parado ao lado dela. A senhora Nesmith atendeu.
— Eu disse para vocês voltarem mais tarde!
Fixei meus olhos nos dela.
— Senhora Nesmith, queríamos pedir desculpas.
— Tá bom. Agora, vão embora!
Continuei olhando fixamente.
— Estamos falando sério. A senhora não acha que estamos sendo sinceros?
Ela se voltou para mim.
— Olhe bem em meus olhos e veja que estou dizendo a verdade... Olhe bem em meus olhos... Ouça minha voz... A senhora está se sentindo sonolenta... Está ficando com sono...

As pálpebras dela começaram a pesar.

— Senhora Nesmith? — eu chamei.

— Sim... — ela murmurou.

— A senhora vai deixar nossa banda tocar.

— Eu vou... deixar... sua banda tocar.

O Salsicha sussurrou em meu ouvido:

— E faça com que ela lembre de pagar.

— E a senhora vai nos pagar.

Ela concordou.

— Eu vou... pagar.

— E a senhora não vai reclamar do barulho — disse Tanner Gantt.

— E poderemos comer quantas rosquinhas quisermos da árvore — Zeke completou.

Eu me virei.

— Tá, já chega, pessoal! — Voltei-me para a senhora Nesmith. — Agora a senhora vai acordar.

Estalei os dedos. Ela sorriu. Um sorriso sincero desta vez.

— Entre, Incógnita! Preparem os equipamentos na tenda ao lado da árvore de rosquinhas, garotos.

12.

Coragem ou loucura?

Entramos na casa. Havia fotos da Maren para todos os lados, cobrindo as paredes.

— O que é isto? O Museu da Maren? — Annie achou graça.

— Preciosa! — exclamou Capri ao ver a poodle da Maren correr em nossa direção, latindo e me cheirando.

Capri se abaixou para fazer carinho na cachorrinha.

— É o bichinho mais fofo que eu já vi.

— E um dos mais caros — informou Abel.

Fomos até o jardim para montar o palco. Era tudo enorme. Como era inverno, havia uma tenda de plástico aquecida cobrindo todo o jardim, até a piscina.

Zeke correu até a mulher que montava a árvore de rosquinhas. Parecia uma árvore de Natal, cheia de rosquinhas penduradas.

— É a coisa mais linda que já vi! Não sei qual eu quero comer! Tudo parece tão gostoso!

— Depois, Zeke. Precisamos nos preparar — disse Annie.

Nós preparamos os instrumentos ao lado da piscina. O DJ, que estava do outro lado, nos olhou de cara feia.

— Ninguém me falou que teria uma banda.

— Fomos chamados de última hora. — Abel sorriu para ele.

— Quais músicas vocês vão tocar? Não podemos tocar as mesmas — o DJ resmungou.

Foi a vez de Annie sorrir.

— Não se preocupe, isso não vai acontecer. Só tocamos músicas autorais.

O DJ pareceu aliviado.

— Músicas autorais? Boa sorte.

o o o

Os convidados começaram a chegar para a festa. Havia um grupinho da nossa turma, mas a maioria eram garotas da antiga escola de Maren e suas primas. Duas meninas pediram para passar a mão em minha pelagem, o que não foi tão ruim assim. Uma garota me viu, começou a gritar, foi se trancar no banheiro e ligou para a mãe ir buscá-la.

Havia um mágico chamado João Bonitão, que era careca e circulava pela festa fazendo truques com um baralho. Abel mostrou uns truques novos que ele não conhecia.

Zeke se apaixonou pela mulher que desenhava retratos das pessoas, pois ela era parecida com a atriz Keelee Rapose, que interpretou a *Garota do Aspirador*.

O pessoal da escola ficou surpreso ao ver Tanner Gantt. Jason Gruber foi até Annie para perguntar:

— Por que *ele* tá aqui?

— Estamos fazendo um teste para Tanner ser nosso baixista.

— Sério?

— Sério. Ele toca bem.

Jason balançou a cabeça.

— Isso é muita coragem ou muita loucura.

∘ ∘ ∘

Um homem entrou na tenda dizendo:

— Cadê ela?!

Era um sujeito bronzeado, de cabelo comprido, usando uma camisa meio desabotoada. Parecia ser o tipo de cara que fazia muita musculação e queria que as pessoas soubessem disso. Havia uma mulher com ele, parecida com a mãe de Tanner Gantt, porém mais jovem e mais loira. A mãe de Maren não pareceu feliz ao vê-lo.

— Você está *atrasado* — ela disse.

— Culpa do trânsito — ele respondeu.

— Papai! — Maren correu na direção dele e pulou para abraçá-lo.

— Aqui está a aniversariante mais linda! — Ele deu um beijo no rosto da filha e a colocou no chão. — Maren, esta é minha nova amiga, Starling.

Maren olhou para a mulher e parou de sorrir.

— Oi.

— Feliz aniversário, Maren! — Starling a cumprimentou. — Você é aquariana, como eu!

E então ela abraçou Maren, que não retribuiu o abraço. Ela simplesmente ficou lá parada, com os braços abaixados.

O pai de Maren se virou para nós.

— Não sabia que você tinha chamado uma banda, filha.

Será que ele nos expulsaria? Será que eu teria que hipnotizá-lo também?

Ele se aproximou de nós.

— Ei, é o garoto vambizomem! Maren me disse que você viria. Bacana! Ei, posso tocar com vocês? Eu mando bem na guitarra.

Annie estava no banheiro. Como ela era a líder da banda, ficamos sem saber o que dizer. Mas eu me adiantei:

— Ahm... claro.

— Legal! Vou pegar minha guitarra em casa!

— Mas, papai, você acabou de chegar! — Maren choramingou.

— Eu já volto, querida. Faça companhia para Starling.

Quando Annie saiu do banheiro, nós contamos sobre o pai de Maren. Ela não pareceu muito animada.

— Tá... acho que não tem problema se ele tocar em alguma de nossas músicas.

13.

A maldição da banda

Chegou a hora de tocar. Maren e várias de suas amigas da antiga escola conversavam do outro lado da tenda, olhando pra mim e cochichando. Com minha superaudição, eu conseguia ouvir tudo o que diziam, mas elas não sabiam disso.

— Nossa, ele é muito bizarro — Maren disse.
— Como você consegue ficar na mesma escola que ele?
— Ele vai morder a gente?
— Não é tão assustador assim — comentou uma garota de cabelo castanho usando uma calça jeans branca.
— Que coisa triste. Fiquei com pena dele.
— E a banda pelo menos é boa?

— É nada. — Maren torceu o nariz.

— Eu só convidei para vocês verem o Tom.

Eu fui até Annie, que afinava a guitarra, e contei:

— Acabei de ouvir Maren dizendo que só nos convidou pra tocar pra que as amiguinhas ricas dela pudessem me ver.

— Sério?

Eu fiz que sim.

Annie largou a guitarra e foi até Maren.

— Ah, oi, Annie. O que você quer? Eu tô meio ocupada.

— Você nos convidou para tocar só para suas amigas ficarem olhando para o Tom?

Maren se fingiu de ofendida:

— O quê?! Ai, meu Deus! Claro que não! Poxa, fala sério! Que mentira!

— Ótimo. — Annie a encarou. — Porque, se fosse verdade, esta festa não acabaria nada bem.

E voltou para o meu lado.

— Ela disse que não é verdade, Tom.

— Que mentirosa!

— Eu sei. Mas olha, nós ensaiamos, estamos preparados e eu quero testar Tanner. Portanto, vamos tocar. Não por ela, mas por nós. Quem se importa com essa garota?

— Tudo bem — concordei.

○ ○ ○

Um pouquinho antes de começarmos a tocar, a mãe de Maren foi até o microfone, tentando parecer simpática:

— Boa noite a todos! Eu gostaria de propor um brinde para nossa aniversariante, minha filha maravilhosa, Maren Shantelle Bouvier Nesmith, a pessoa mais incrível que conheço!

Annie revirou os olhos.

— Acho que a mãe dela não conhece muita gente.

A mãe da Maren continuou o discurso:

— ...que é tão linda...

— Eu não iria tão longe. — Abel fez um bico zombeteiro.

— ...forte, valente, poderosa...

— Quem ela acha que Maren é? A Mulher Maravilha? — Zeke perguntou.

— ...doce, carinhosa, atenciosa...

— Talvez Maren tenha hipnotizado a própria mãe — comentei.

— ...tão inteligente...

— Ela cola nas provas. — Capri chacoalhou a cabeça.

— ...supertalentosa...

— Em quê? — Salsicha torceu o nariz. — Em ser chata e mentirosa?

— ...a pessoa mais sensacional do planeta...

— Ah, fala sério... — Annie ajeitou os óculos.

Olhei para Maren. Até ela estava com vergonha. É um saco quando os pais ficam enchendo nossa bola assim. Poxa, tudo bem sentir orgulho do filho, mas o que a mãe de Maren estava fazendo já passava dos limites do ridículo.

Então ela nos apresentou da pior forma possível:

— Agora, alguns amiguinhos da Maren vão tocar umas musiquinhas para vocês se divertirem! Por favor, sejam educados e ouçam a banda. Com vocês: Precógnita!

— É Incógnita! — Annie corrigiu.

— Precisamos de outro nome. — Zeke suspirou, balançando a cabeça.

14.

Problemas com uma pizza

Tocamos nossa primeira música, *Espião*, aquela que a Annie escreveu sobre quando eu a espiava. Tenho que admitir que a música é boa. E o som ficou incrível com Tanner no baixo. Mas ninguém dançou. O pessoal ficou lá parado, olhando pra nós.

Terminamos a música, e só Starling e a garota de calça jeans branca bateram palmas.

Maren e algumas de suas amigas vieram em nossa direção.

— Vocês sabem tocar *Eu amo pizza (mais do que eu amo você)*? — perguntou uma das garotas.

— Não — respondeu Annie.

— Vocês sabem aquela *Enxaqueca em meu coração*? — outra garota quis saber.

— Não — Annie repetiu.

— E aquela outra, a *Eu te escrevi mais de mil vezes*? Ou a *Cara de quem quer dançar*?

— Não. Nós só tocamos músicas autorais.

— Pelo menos *Let it go* vocês sabem tocar?

— Essa eu sei! — E Capri começou a dedilhar no piano.

— Chega, Capri! — ordenou Annie. — Nós não somos uma banda *cover*.

— Mas a gente quer dançar, e pra isso precisamos de músicas animadas — Maren disse.

— Eu falei que deveríamos ter ensaiado umas músicas mais conhecidas! — Capri comentou.

Foi quando o DJ apareceu, com um sorrisão estampado no rosto.

— Ei, pessoal. Eu posso tocar *todas* as músicas que vocês acabaram de pedir.

— Isso, toca! — Maren gritou.

— Talvez nossa banda esteja amaldiçoada.

— Essa coisa de maldição não existe, Zeke. — Mas eu não tinha tanta certeza.

o o o

Eu estava começando a ficar com uma fome de zumbi. Por sorte, depois de *Cara de quem quer dançar*, a senhora Nesmith pegou o microfone e perguntou:

— Alguém aí está com fome?

Dois garçons entraram na tenda, cada um carregando cinco caixas de pizza gigante, que foram colocadas em cima de uma mesa bem comprida.

A mãe da Maren começou a abrir as caixas.

— Temos três pizzas de *pepperoni*, duas vegetarianas, uma havaiana sem queijo, sem glúten e vegana, e uma pizza da casa com todos os recheios.

A pizza da casa tinha alho. Muito alho. Eu comecei a me sentir enjoado. Peguei duas fatias da pizza havaiana e um refrigerante de cereja, e saí da tenda para fugir daquele fedor de alho. Fui me sentar do lado de fora da garagem.

Ouvi um barulho conhecido vindo lá do alto. O som de asas batendo. Ao olhar para cima, vi um morcego sobrevoando.

— Martha? — chamei.

Era só um morcego qualquer. Isso me deixou meio feliz e meio decepcionado. Eu queria ver Martha, mas também não queria que ela gritasse comigo. Tenho que admitir, eu estava curioso para saber o que havia acontecido com Darcourt e como ela conseguira recuperar o livro. Acho que eu ficaria sem saber.

A porta da tenda se abriu, e a garota de calça jeans branca saiu segurando um prato de pizza. Fiquei torcendo para que ela não pedisse para tirar uma foto minha.

— Por que você tá sentado aqui fora?

— Tem alho em alguma das pizzas. E, sabe como é, vampiros são alérgicos a alho.

— Também detesto alho. Meu nome é Amaryllis, sou prima da Maren. Gostei da sua música.

— Que bom que alguém gostou.

Ela se sentou a meu lado e disse:

— Posso contar um segredo que nunca contei pra ninguém?

— Ah... claro.

— Quando pequena, eu queria ser um zumbi.

— Sério? Ninguém quer ser zumbi.

— Eu era bem esquisita. Aí, quando fiz seis anos, passei a querer ser uma vampira. Depois, quando fiz dez anos, eu queria ser mulher-loba. Então, você é tudo o que eu já quis ser.

— E você ainda gostaria de ser alguma dessas coisas?

— Não. — Ela mordeu a pizza.

— Eu também não.

— E você é... amigo da Maren?

Eu não sabia como responder.

— Ééé... bom...

— Ela é uma chata de galocha.

Nós dois começamos a rir.

— É mesmo — concordei.

Eu vi Capri olhando para nós dois pela janela da tenda. Ela parecia incomodada. Provavelmente porque não lhe demos ouvidos e não aprendemos a tocar músicas conhecidas.

Salsicha colocou a cabeça para fora da porta.

— Tom! O pai de Maren voltou! Ele quer tocar!

— Preciso ir, Amaryllis.

— Até mais.

15.
100 mil pessoas

Voltei para dentro da tenda, e Capri já me esperava na porta.

— Quem era aquela garota com quem você estava conversando?

— Amaryllis. Ela é prima da Maren.

— Por que vocês saíram juntos?

— Nós não saímos, Capri. Eu saí porque precisava fugir do cheiro de alho da pizza, e depois ela saiu também.

— Sobre o que vocês conversaram?

— Ah, umas coisas...

— Que tipo de coisa?

— Sei lá, ela falou que gostou da nossa música.

— Você gosta dela?

Eu dei de ombros.

— Ela é legal.

— Ela é sua namorada?

— Heim? Não!

Zeke veio correndo com uma rosquinha vermelha gigante nas mãos.

— Tonzão! Esta rosquinha de morango está uma delícia! Hoje é o melhor dia da minha vida!

Ele correu na direção de Annie e do resto da banda, que conversava com o pai da Maren enquanto ele conectava a guitarra ao amplificador do Abel.

— Uma guitarra Fender Telecaster original de 1952. Excelente instrumento — Abel elogiou.

O pai da Maren concordou.

— Nem me diga. Esta belezura aqui custou mais do que meu carro! — Ele deu uma olhada na gente. — Ei, vocês sabem tocar *Smells Like Teen Spirit*, do Nirvana?

— Não — Capri e Annie responderam juntas.

— Eu sei — disse Tanner. — É a música preferida da minha mãe.

— Fantástico! — O pai da Maren sorriu.

— Eu nunca ouvi. — Salsicha inclinou a cabeça.

— Não tem problema. Eu sei a parte da bateria.

— Você também sabe tocar bateria, Abel?

— Quando surge a necessidade.

Salsicha entregou as baquetas a Abel, que se sentou na frente da bateria.

— Tem banjo nesse arranjo? — Zeke se adiantou.

— Por sorte, não — o pai da Maren respondeu. — Só guitarra, baixo e bateria.

— E nós? O que vamos fazer? — perguntei, referindo-me a mim, Capri, Annie, Zeke e Salsicha.

— Dancem, ora! — O pai da Maren, então, foi até o microfone e gritou: — Que comece a festa! Quem quer ouvir um baita rock?

Starling ergueu a mão.

— Eu!

Todos os demais ficaram em silêncio.

O pai da Maren olhou em volta procurando a filha.

— Cadê a aniversariante?

Ela estava no canto da tenda, de braços cruzados. A mãe dela, ao seu lado, se achava na mesmíssima posição.

— Esta é pra você, querida! Feliz aniversário! — ele gritou no microfone. — Um, dois, três, quatro!

Eles começaram a tocar a música. O pai da Maren tinha a voz muito parecida com a do cantor original. Ele também era um ótimo guitarrista. Abel mandava ver na batera. Percebi que Salsicha estava com ciúme. O pessoal começou a dançar.

Amaryllis veio até mim e perguntou:

— Dança comigo?

— É... tá bom.

Capri fez um barulho estranho e saiu batendo os pés. Annie começou a guardar a guitarra.

Zeke convidou a garota das caricaturas pra dançar, mas ela sorriu e se negou:

— Não, fofinho, obrigada. Quem sabe daqui a dez anos.

— Tá bom! — E ele foi dançar sozinho. Zeke não se importa. Ele sempre dança sozinho, mesmo sem música.

Eu dançava com Amaryllis, mas não conseguia tirar o olho do pai da Maren. Ele estava se achando um astro do rock, como se estivesse fazendo um show para centenas de milhares de pessoas em um estádio, e não no quintal de casa, na festa de aniversário da filha. Agia como se a festa fosse dele. Eu senti um pouco de pena da Maren, ainda que ela não merecesse. É estranha essa sensação de se sentir mal por alguém que nem é uma pessoa legal.

Durante o solo de guitarra, o pai dela pirou. Ele começou a pular, correr em círculos e girar no lugar. Dava para perceber que estava tonto. Então, ele esbarrou em Tanner, que, sem querer, bateu em Zeke, que caiu por cima de mim e me derrubou dentro da piscina.

Saí de lá encharcado, parecendo um cachorro molhado. Maren entrou em casa chorando. A mãe dela começou a gritar com seu pai e depois saiu correndo atrás da filha. Starling consolava o pai da Maren, dando tapinhas em suas costas, e ele só ficava repetindo:

— O que foi que eu fiz? O que foi que eu fiz?

A polícia apareceu porque a vizinha reclamou do barulho. Os policiais só foram embora quando o pai da Maren anunciou que a festa acabara.

Eu me chacoalhei para tentar me secar e, sem querer, espirrei água em Amaryllis.

— Desculpe!

Ela riu e me entregou uma toalha.

Nós guardamos nossos equipamentos e fomos para a frente da casa para esperar nossos pais. Capri estava superquieta. Ela devia estar brava porque não demos bola para o que ela disse.

— E aí? Posso entrar na banda? — Tanner perguntou.

Anne olhou para cada um de nós e então olhou para Tanner.

— Pode… mas em período de experiência.

○ ○ ○

Se um ano atrás alguém me obrigasse a escolher entre ser um vambizomem ou tocar na mesma banda que Tanner Gantt, eu teria escolhido ser um vambizomem. Mas mal tive tempo pra pensar em como aquilo tudo era esquisito. No dia seguinte, seria o dia da Operação Resgate.

16.
Resgate

PLANO DE RESGATE DO DUSTY:

1. *Ir de carro até o parque com o Garoto Cenoura.*
2. *Chegar ao parque e contar a ele o verdadeiro motivo de estarmos lá.*
3. *Encontrar o trailer de Dusty.*
4. *Esperar até o parque fechar, às dez da noite, e tirar Dusty do trailer sem ninguém ver.*
5. *Levar Dusty ao Nirvana Zumbi.*
6. *Voltar para casa.*

○ ○ ○

O Garoto Cenoura chegou a nossa casa às quatro da tarde no domingo. Emma ficou parada na entrada, olhando para nós dois e balançando a cabeça.

— É sua última chance de vir junto, Emminha! — disse o Garoto Cenoura, com a cabeça para fora do carro.

— Sem chance, Luquito.

Sim, esses eram os novos apelidos deles. Eu estava tão feliz porque aquela história das vozes de robô tinha acabado que nem me importei com o jeito como estavam chamando um ao outro.

— Vai ser irado! — Ele ainda tentou.

Para evitar que Emma mudasse de ideia, eu falei:

— Tem um brinquedo giratório lá! E tem cheesebúrguer empanado com bacon no pão de chocolate!

Ela fez cara de nojo. Quando eu tinha cinco anos e Emma dez, fomos a um parque que servia cheesebúrguer empanado com bacon no pão de chocolate. Ela comeu e depois foi ao brinquedo giratório. O brinquedo parecia um disco voador gigante e girava muito, muito rápido. Ela vomitou *quatro* vezes nos banheiros químicos nojentos e fedidos do parque de diversões. Depois, vomitou mais *três* vezes no carro voltando para casa, e *uma* vez no jardim ao entrar em casa, e mais *uma* vez subindo as escadas de casa para ir para o quarto. Na manhã seguinte, Emma anunciou para toda a família:

— Enquanto eu estiver viva, nunca mais irei a um parque de diversões.

Não correríamos esse risco.

— E que horas vocês voltam? — ela gritou, parada na porta.

— Bem tarde — o Garoto Cenoura disse. — O parque está a duas horas daqui.

— Onde fica essa porcaria de parque? — Ela franziu a testa.

— Em Clarksville, perto da praça Grover — Eu não fazia ideia, mas acabara de cometer um grande erro.

Emma arregalou os olhos e correu em direção ao carro.

— Praça Grover?! Isso é sério?!

Meu estômago revirou.

— Sim, sério… por quê?

— Acabou de abrir um shopping na praça Grover! Luquita, eu vou com vocês!

Por quê?! Por quê?! Por que eu tinha que ter aberto minha bocarra de vambizomem?!

Eu queria me ajoelhar no chão e gritar Nããããããão!, como fazem nos filmes. Mas não fiz isso. Eu deveria ter feito. Teria me sentido melhor.

Emma adora ir a shoppings, ainda mais quando tem promoção. Aposto que ela moraria em um shopping se pudesse.

Tivemos que esperar vinte minutos enquanto ela se maquiava e se arrumava. Ao terminar, entrou no carro e disse:

— Eu fico no shopping enquanto vocês vão à porcaria do parque, e depois vocês voltam para me pegar às nove, que é quando as lojas fecham.

Emma sempre estraga tudo.

Sempre.

17.
Um novo plano

**PLANO DE RESGATE DE DUSTY
— VERSÃO ATUALIZADA:**

1. *Levar Emma até a droga do shopping.*
2. *Seguir para o parque e encontrar o trailer do Dusty.*
3. *Tirar Dusty do trailer sem chamar a atenção do chefe, porque o parque ainda vai estar aberto. Tudo por causa de Emma.*
4. *Levar Dusty até o Nirvana Zumbi.*
5. *Voltar à droga do shopping e pegar a chata da Emma.*
6. *Voltar para casa.*

○ ○ ○

As duas horas de viagem foram horríveis. Durante a primeira hora do trajeto, Emma ficou ouvindo e cantando o novo álbum de Rita Fifita, sua cantora favorita. Emma canta tão mal, mas tão mal que deveria ser proibida por lei de cantar. Eu sentei no banco de trás, tentando não ouvir, tomando o meu *milk-shake* de chocolate e fígado cru que minha mãe faz para eu ingerir minha dose diária de sangue. Juro que é muito mais gostoso do que parece.

Durante a segunda hora da viagem, Emma nos obrigou a ficar ouvindo um podcast chamado "Dicas de promoção no shopping para garotas estilosas". Enquanto isso, eu pensava em diversas formas de tirar Dusty do *trailer* sem sermos vistos. Não seria fácil.

Finalmente, chegamos ao shopping, e Emma desceu do carro.

— Tchauzinho, Emminha! — despediu-se o Garoto Cenoura.

— Esteja aqui às nove. Não se atrase!

○ ○ ○

Levamos quinze minutos para chegar ao parque. Era cheio de brinquedos luminosos, música barulhenta e funcionários tentando convencer as pessoas a entrar nos brinquedos. O lugar estava lotado, cheio de gente andando e comendo, e algumas pessoas carregando ursos de pelúcia gigantes que tinham ganhado nos jogos.

Ninguém ficou me encarando, pois estavam entretidos com as atividades do parque. Eu usava um boné enterrado na cabeça com o capuz de minha blusa por cima. Aprendi a ficar de boca fechada para esconder minhas presas. Quanto a meu rosto superpálido, acho que os outros simplesmente achavam que eu tinha um estilo meio gótico.

Os cheiros de um parque de diversão são muito intensos para um vambizomem. Escondidinho de carne, picles empanados com manteiga de amendoim, espetinho de almôndegas, algodão-doce caramelizado, jujubas fritas, creme de batata e hambúrguer no pão de panqueca. Eu comi uma linguiça empanada e enrolada com bacon para não ficar com fome mais tarde. O Garoto Cenoura preferiu um sanduíche de chocolate e marshmallow.

— Em qual brinquedo você quer ir primeiro, Tom? Queda Mortal? Giro Maluco? Bumerangue Ioiô? Bate-Bate?

— Vamos dar uma volta antes de decidir — eu sugeri.

Na verdade, eu queria encontrar o *trailer* de Dusty. Caminhamos por dez minutos, e eu não vi nada. Será que o chefe saíra mais cedo? Será que todo esse esforço fora mera perda de tempo?

Fui conversar com o funcionário que parecia menos assustador de todos. Ele estava cuidando de uma brincadeira em que as pessoas jogavam bolas de beisebol para tentar derrubar as bonecas que ficavam sentadas em uma prateleira.

— Cinco bolas, cinco pratas! Você pode ganhar qualquer coisa da prateleira! Que tal tentar? A primeira bola é grátis!

— Não, valeu. Cadê o zumbi? — eu perguntei.

— Foi embora.

18.
Alergias

— Embora?! Como assim, ele foi embora?!
— É, foi embora. Não está mais aqui.
— O que aconteceu?
— Bom, eu não podia contar, mas ontem à noite o zumbi chegou perto demais de uma criança, mais ou menos de sua idade, e tacou-lhe uma mordida!
— Sério...?
Ele sorriu. Devia ter uns cinco dentes na boca.
— Não, estou brincando! Ele tá ali, perto do disco giratório.
— Ah, tá. Valeu.
— Não deixe que ele te morda!

Enquanto caminhávamos, eu contei ao Garoto Cenoura o verdadeiro motivo de estarmos ali. Mas preferi não revelar tudo de uma vez.

— Olha, eu quis que a gente viesse ao parque porque um amigo meu está aqui, e eu queria que você o conhecesse.

— Legal.

— O nome dele é Dusty. Ele era um caubói. Trabalhava em rodeios.

— Que maneiro! Eu adoro rodeios! Sempre quis ser caubói, mas sou alérgico a capim, cavalos e couro. Não daria muito certo.

— Bom, pois é… Ele me pediu um favor.

Passamos pelo disco giratório e eu vi o *trailer* de Dusty de longe. O chefe estava parado na frente, falando em um microfone.

— Ele está bem ali. — Apontei pro *trailer*.

— Perto do *trailer* do zumbi? — ele perguntou.

— Não... *dentro* do *trailer* do zumbi.

— Heim?

— É meu amigo Dusty. Ele é um zumbi de verdade.

O Garoto Cenoura parecia mais confuso do que nunca. E olha que eu já o vi bastante confuso.

— O quê...?

— Dusty foi o zumbi que me mordeu, mas foi sem querer. Ele não come pessoas. Um sujeito que por aqui chamam de chefe o mantém amarrado em uma cadeira, preso dentro daquele *trailer* imundo. Dusty me contou sobre um lugar chamado Nirvana Zumbi, onde os zumbis têm liberdade para andar por onde quiserem. Não fica longe daqui. Você é a única pessoa que eu conheço que pode me ajudar a levá-lo até lá. Você me ajuda?

O Garoto Cenoura ficou me olhando de boca aberta. De repente, ele disse apenas:

— Cara... cara... cara...

Quantas vezes ele precisava dizer "cara"?

— Claro que ajudo! Tô dentro! Uma missão gloriosa nos espera! Libertar o zumbi!

— Valeu!

Eu tinha certeza de que ele me ajudaria, mas foi bom ouvir aquilo. O Garoto Cenoura era legal. Por que será que ele namorava Emma?

— Qual é o plano, cara?

— Tá, a gente precisa tirar Dusty do parque sem ninguém ver, principalmente o chefe. E isso tem de ser feito até as oito da noite, para dar tempo de chegar ao Nirvana Zumbi e voltar para pegar a Emma às nove. Daqui a pouco, o chefe deve fazer um intervalo. E é aí que nós agimos. Mas, primeiro, quero entrar no *trailer* e ver Dusty.

19.
Encontro com Dusty

— Vejam um zumbi de verdade, cem por cento autêntico! — dizia o chefão ao microfone, parado em frente ao *trailer*. — É proibido entrar com câmeras ou celulares! Se você tentar tirar uma foto ou gravar um vídeo, vamos alimentar o zumbi com você, e ele deve estar morto de fome! Nós tiramos uma foto sua com o zumbi sem custo! Não perca essa oportunidade única!

Eu e o Garoto Cenoura ficamos olhando de longe e vimos três garotas adolescentes pagarem para entrar. O chefe entrou com elas. Depois de um tempo, ouvimos os gritos das garotas, e uma delas saiu correndo. As outras duas saíram rindo, e o chefe veio atrás. Nós nos aproximamos.

— Dois ingressos, por favor — eu pedi, mantendo a cabeça abaixada para que ele não me reconhecesse. Afinal de contas, zumbis eram o negócio dele.

A única luz acesa no *trailer* era um holofote vermelho, refletindo sobre Dusty. Ele estava com a cabeça abaixada, amarrado a uma cadeira atrás de um painel de acrílico bem grosso.

— Vocês acham que ele está usando maquiagem de zumbi? Olhem com atenção. Ele é de verdade mesmo

— afirmou o chefe, parado ao nosso lado. — Nós instalamos essa barreira protetora para ele não morder vocês.

O chefão deu uma pancada no acrílico, e Dusty olhou para cima. Eu dei um tchauzinho com a mão. Notei que ele ficou surpreso ao me ver. Ele sorriu.

— Oi, amigão — o Garoto Cenoura cumprimentou.

É sério que ele disse isso?

O chefão se aproximou.

— O que você acabou de dizer?

O Garoto Cenoura ia falar alguma coisa, mas eu o interrompi:

— Ele... ele... ele disse "podridão". Que cheiro podre aqui dentro.

Resmungando, o chefão pegou um pacote gorduroso cheio de hambúrgueres.

— Querem ver o zumbi comer?

— Não.

Ele fingiu não me ouvir e atirou um hambúrguer para Dusty, que o pegou com a boca. O chefe então apanhou um bastão comprido de madeira.

— Olha, vocês dois parecem caras legais. Por cinco pratas, deixo vocês cutucarem o zumbi com o bastão. Ele fica muito louco, é bonito de ver.

— Não, valeu — eu recusei.

— Como queira. — Ele baixou o bastão e pegou a câmera. — Fiquem um de cada lado pra tirar uma foto e digam "cérebros"!

Nós não queríamos fazer aquilo, mas acabamos concordando.

— Cérebros!

O chefe saiu do *trailer* para imprimir a foto. Eu fui até a barreira de acrílico e sussurrei para Dusty:

— Vamos te tirar daqui e te levar pro Nirvana Zumbi.

O chefe espiou pela porta.

— O que você tá fazendo aí, garoto? O show acabou!

Do lado de fora, enquanto a foto saía da impressora, lembrei que eu não apareceria no papel, já que sou um vampiro. Eu tentei pegar a foto antes que o chefe visse, mas ele segurou minha mão.

— Ei! Não toque nisso! Você vai estragar minha impressora!

— Foi mal.

Ao olhar para baixo, vi a foto na bandeja da impressora. Dava para ver Dusty e o Garoto Cenoura, mas eu não aparecia. Eu precisava distrair o chefe.

— Que tatuagem maneira. — Apontei para o dragão andando de moto no braço dele.

Ele olhou para o braço, todo orgulhoso.

— É maneira mesmo.

Tentei pegar a foto de novo.

— Posso?

Ao entregar a foto para mim, ele olhou para baixo, dizendo:

— Que negócio é esse? Seu amigo e o zumbi saíram direitinho, mas você está todo borrado...

Será que ele sabia? O que ele podia fazer?

— Que droga, garoto! Você foi puxar e estragou! Eu não vou imprimir outra!

Peguei a fotografia.

— Está bom assim! Valeu!

Saímos de perto do *trailer* e fomos nos esconder atrás de uma barraca de comida.

— Eu queria cutucar esse chefe com aquele bastão! — Garoto Cenoura disse.

— E eu, então?! Tudo bem, a gente espera até ele sair pra descansar, aí entra e tira Dusty de lá.

— Meu carro está longe. Será que as pessoas não vão notar que tem um zumbi andando pelo parque?

Excelente pergunta. Achei que faríamos essa parte com o parque fechado, quando não tivesse ninguém por perto. Precisávamos de um disfarce. Precisávamos esconder o rosto do Dusty e providenciar uma blusa para ele. Por sorte, havia uma barraquinha que vendia camisetas. Comprei uma GG de manga longa que dizia "ORGULHO DE SER DO CIRCO". Gastei todo o meu dinheiro.

Agora, precisávamos de uma máscara. O Garoto Cenoura se ofereceu para pagar.

— Vocês têm alguma máscara para vender aí? — perguntei para o cara da barraquinha de camisetas.

— Não temos, não.

A gente *precisava* de alguma coisa para cobrir o rosto de Dusty.

— Não tem máscaras para *vender* — o cara das camisetas disse —, mas você pode ganhar uma máscara dos lutadores de luta livre jogando Martelo de Força, que fica ali do lado da barraquinha de cachorro-quente no palito.

20.

O prêmio

O Martelo de Força é aquele brinquedo em que a gente bate com toda a força numa almofada de borracha usando uma marreta, o que faz com que um disco de metal suba por uma torre até tocar o sino lá em cima. Eu tentei jogar uma vez em um parque de diversões, mas só consegui chegar até o dez. O brinquedo ia até cem.

A funcionária do parque que cuidava do Martelo de Força tinha o cabelo raspado, seis brincos em cada orelha, um *piercing* no nariz e vestia uma camiseta regata que dizia "EU SOU LEGAL". Atrás dela, havia uma prateleira com uma fileira de máscaras de luta livre coloridas.

— O que eu preciso fazer para ganhar uma dessas máscaras? — perguntei.

— Se acertar o sino, ganha a máscara. Moleza.

— Manda ver, Tom — disse o Garoto Cenoura.

— Acho que você deveria tentar. Tem que atingir o lugar certo e bater com muita força.

O Garoto Cenoura sorriu.

— Você quer dizer com a força de um vambizomem? — ele sussurrou.

Às vezes eu sou tão besta... O Garoto Cenoura entregou o dinheiro à moça.

— Boa sorte, garoto. — Ela esboçou um sorrisinho afetado.

Eu peguei a marreta, ergui acima da minha cabeça e bati com toda a força na almofada. O disco subiu até em cima e bateu tão forte que o sino quebrou.

A moça ficou brava e gritou:

— Você estragou o brinquedo!

— Desculpa aí...

— Como é que um magricela feito você conseguiu fazer isso?

Eu dei de ombros. Às vezes, essa é a melhor atitude quando as pessoas começam a fazer perguntas que você não quer responder.

— Agora vou ter que fechar minha barraca!

— Posso pegar minha máscara?

Ela me olhou com uma cara de quem queria me socar com o martelo, apanhou uma máscara prateada e vermelha e jogou em cima de mim.

o o o

Nós voltamos para trás da barraca de comida. O chefe ainda estava na frente do *trailer*, falando ao microfone:

— Você tem coragem de encarar um ser tão estranho, tão horroroso, tão monstruoso que te fará ter pesadelos pelo resto da vida?

Nós esperamos, esperamos e esperamos mais um pouco. Já estava ficando tarde. Dificilmente conseguiríamos levar Dusty até o Nirvana Zumbi e voltar a tempo de pegar Emma.

— Olha lá! — disse o Garoto Cenoura.

O chefe estava trancando a porta do *trailer* e colocando um aviso:

VOLTO EM CINCO MINUTOS. SE CHEGAR PERTO, VOCÊ MORRE!

O Garoto Cenoura ficou de guarda na frente do *trailer* para ver se o chefe não voltaria. Eu contornei e fui para trás do *trailer*. Olhei em volta para garantir que ninguém observava, e então me transformei em fumaça para passar pela fresta da porta. Enquanto eu voltava a minha forma normal, Dusty, ainda sentado na cadeira, ergueu a cabeça e fixou os olhos em mim.

— Ora, ora, que bela visão para meus olhos cansados — ele disse.

— Só temos cinco minutos!

Comecei a soltar as cordas dos braços de Dusty. Foi só aí que percebi uma coisa que não tinha notado antes: as pernas dele estavam acorrentadas.

— Dusty, quando foi que ele te acorrentou?

— Semana passada. Achou que ia ficar mais assustador.

— Você sabe onde está a chave?

— Com o chefe.

Estava tudo perdido. Não conseguiríamos tirá-lo dali. Eu teria que deixá-lo para trás.

— Dusty... desculpe, mas...

— Imagino que você, um vambizomem, seja um sujeito bem forte, né?

Eu me esqueci *de novo*! Puxei as correntes, e elas simplesmente quebraram em minhas mãos.

— Forte como Hércules. — Dusty sorriu.

Ele colocou a camiseta e a máscara enquanto eu abria a porta da frente para espiar.

— Caminho livre? — perguntei ao Garoto Cenoura.

— Afirmativo. Avançar!

Eu me virei para Dusty.

— Preparado?

— Pé na tábua!

Nós só precisávamos sair do parque e entrar no carro sem que ninguém notasse que havia um zumbi andando conosco.

21.
A grande fuga

O *trailer* estava estacionado na parte mais distante do parque. Teríamos um longo caminho a percorrer. Nós três caminhamos por uma trilha de terra que contornava os brinquedos e as barracas, mas Dusty não conseguia andar muito rápido. Acho que ele estava todo duro porque ficara tanto tempo preso a uma cadeira.

— Desculpe, não consigo apressar o passo.

— Tudo bem, Dusty — eu respondi.

Estávamos quase chegando à saída quando vimos o chefe se aproximando, comendo um pedaço de pizza de chocolate. Ele poderia reconhecer Dusty, mesmo com a máscara e a camiseta. Não podíamos correr esse risco.

— Virem para o outro lado! — eu disse. — Dusty, entre no banheiro químico!

Tínhamos acabado de passar por três banheiros químicos. O cheiro era nojento, como se fizesse semanas que não eram limpos. Tentei abrir a porta do primeiro.

— Tá ocupado! — Veio uma voz lá de dentro.

Tentamos abrir o próximo.

— Tem gente!

Tentamos o terceiro.

— Ocupado!

Nenhum vazio.

Dusty se escondeu atrás dos banheiros químicos no instante em que o chefe nos viu.

— O que estão fazendo aqui atrás? Esta parte do parque é só para funcionários.

— Ah... ééé... desculpe, é que a gente se perdeu! — eu disse.

— Voltem para o centro do parque. — Ele enfiou o último pedaço de pizza na boca.

Alguém saiu de um dos banheiros químicos, e o chefe entrou. Fiz um gesto para chamar Dusty. Começamos a caminhar, mas ele parou por um segundo.

— O que foi? — eu perguntei baixinho.

— Você pode me fazer um favor, Tom?

— O que é, Dusty?

Ele cochichou no meu ouvido. Eu sorri e concordei. Com cuidado, coloquei as mãos na lateral do banheiro químico onde o chefe estava.

— Um… dois… três!

Eu empurrei o banheiro químico, com a porta para baixo, para que o chefe não conseguisse sair. Ouvimos um som nojento de algo espirrando e se espalhando lá dentro. O cheiro era tão asqueroso que precisei prender a respiração.

O chefe começou a gritar feito um louco:

— Ei! Droga… Nãããão! Socorro! Socorro! Alguém me ajuda!

Nós saímos pelo portão da frente e fomos para o estacionamento. Com Dusty em pleno ataque de riso.

22.

Um telefonema

Ao se sentar no banco de trás do carro do Garoto Cenoura, Dusty tirou a máscara. Eu me acomodei e perguntei:

— Você trouxe o mapa?

— Pode crer. — Dusty me entregou o mapa.

— Vamos levar quarenta e cinco minutos para chegar ao Nirvana Zumbi — eu disse. — Podemos deixar você lá e voltar a tempo de buscar Emma, Dusty.

— Quem é Emma?

— Você não vai querer saber.

O Garoto Cenoura saiu do estacionamento.

— Emma é irmã do Tom e minha namorada. Eu sou o Lucas.

— Prazer em conhecê-lo, Lucas. Te devo uma.

O celular do Garoto Cenoura, que estava preso a um suporte no painel do carro, começou a tocar. Olhei para a tela e vi surgir uma foto da Emma.

— Não atenda! — eu pedi.

Tarde demais. Ele já tinha apertado o botão do viva-voz.

— Oi, Eminha-minha.

— Luca-cuca, venha me buscar! Agora!

— Emma, ainda são sete e meia! Você disse às nove!

— O shopping fechou, Tom! — ela gritou. — O ar-condicionado de uma das lojas explodiu, e o lugar está fedendo mais do que um lixão tóxico apocalíptico.

— Mas nós ainda estamos no parque — eu disse, o que, tecnicamente, era verdade.

— Não dou a mínima!

— Você não pode esperar? — o Garoto Cenoura perguntou.

— Não! Venha me buscar! Agora!

Eu precisava pensar em algo.

— Emma, pegue um táxi e venha até o parque, a gente se encontra aqui.

Minha ideia era que, enquanto ela estivesse vindo para o parque, nós levaríamos Dusty ao Nirvana Zumbi. Depois, voltaríamos para buscá-la, e diríamos que nos desencontramos. Emma ficaria brava, mas com certeza se zangaria ainda mais se visse Dusty, e nós nunca conseguiríamos chegar ao Nirvana Zumbi.

— É uma boa ideia, Emminha-minha — afirmou o Garoto Cenoura.

— Eu vou morrer se você não vier me buscar AGORA! — ela gritou.

— Já estou chegando — o Garoto Cenoura garantiu.

Não havia nada que eu pudesse fazer. Emma iria conhecer Dusty.

23.
Emma conhece seu segundo zumbi

No caminho, tentei falar com Dusty sobre Emma, mas não consegui revelar muita coisa com o Garoto Cenoura bem a meu lado. Quando paramos o carro, Emma estava parada no acostamento, debaixo de um poste. O Garoto Cenoura encostou o veículo, e ela abriu a porta com força.

— Por que demorou tanto? Estou esperando há um século! Tom, sente no banco de trás...

E foi então que ela viu Dusty.

— Emma, tá tudo bem — eu afirmei, com calma. — Não surte. Não dê chilique.

— Vocês ganharam um boneco zumbi no parque? — Ela franziu a cara. — Que coisa malfeita.

— Este é Dusty. Ele é meu amigo. E, por acaso, é um zumbi.

Dusty sorriu.

— Prazer em conhecê-la, senhorita Emma.

Emma deu um berro tão alto que achei que os vidros do carro iam quebrar, mas não quebraram. Ela saiu correndo pela calçada, gritando sem parar. O Garoto Cenoura saiu do carro.

— Já volto, pessoal. Espero... — E ele correu atrás dela.

— Sua irmã parece um pouco chateada — Dusty observou.

— Minha irmã surta por qualquer coisa.

— Bom, não é todo dia que se encontra um zumbi.

— É verdade. Mas ela mora com um, lembra?

Ficamos olhando pela janela enquanto o Garoto Cenoura tentava acalmar Emma. Por fim, cerca de quinze minutos depois, eles voltaram para o carro.

— Não vou entrar aí! Ou ele cai fora ou eu me mando! — ela declarou.

— Para onde você vai? — eu perguntei, sem entender o que ela planejava.

— Ele não vai tentar te devorar. — O Garoto Cenoura inclinou a cabeça para o lado. — Ele acabou de jantar.

— Desculpe por ter te assustado, senhorita Emma — Dusty disse.

— Emma, nós precisamos levar Dusty ao Nirvana Zumbi — eu falei.

— Nós? Como assim "nós"? Eu não faço parte desse time de resgate de zumbi!

Depois de mais dez minutos de discussão, Emma entrou no carro. Ela se encolheu contra a porta, olhando para Dusty a todo instante.

— Olha, Tom me falou muito sobre você, mas não me disse que a senhorita era tão bela.

Emma adora receber elogios. Até de zumbis.

— Ahm… obrigada. — Ela meio que sorriu.

— E eu agradeço muito pelo que vocês estão fazendo por mim, arriscando suas vidas para prestar um grande favor a um estranho. Espero poder retribuir de alguma forma.

Dava para ver que Emma bolava alguma coisa. Ela estava com aquela cara de camelo mastigando que costumava fazer quando tramava algo.

— Ei, vocês acham que a gente pode ganhar um prêmio por fazer isso que estamos fazendo?

— Não, Emma! — eu fui firme. — Você não pode contar para ninguém sobre o Nirvana Zumbi!

Ela resmungou.

— É muito injusto não ser reconhecida por fazer uma coisa legal.

— Você pode se sentir bem por ter feito uma coisa legal — sugeriu o Garoto Cenoura.

— É. Pode ser. Mas como vou provar isso para as pessoas?

— Dusty, quer ouvir uma música? — o Garoto Cenoura mudou de assunto.

— Seria ótimo. Não ouço música há um bom tempo. Será que tem alguma rádio de música country por aqui?

O Garoto Cenoura conseguiu sintonizar uma estação de música country, e Dusty começou a cantar junto. A voz dele era muito bonita. Muito melhor do que a de Tanner Gantt. Depois, começou a tocar uma música que Emma cantava na semana em que decidira ser cantora country. Ela começou a cantar. Ela cantava tão mal que aposto que Dusty teve vontade de voltar para o *trailer*.

Quando ela parou de grasnar, Dusty disse:

— Senhorita Emma, acho que nunca mais vou me esquecer de sua voz.

— Ohm… obrigada, Dusty.

Seguimos o caminho no mapa, saímos da rodovia e viramos em uma estradinha. Com minha visão noturna, consegui ver algo de longe: uma placa enorme na frente de uma cerca de arame, com um portão e uma parede atrás. Chegamos mais perto, e o farol do carro iluminou a placa.

BEM-VINDO À ILHA ZUMBI
ZUMBIS ANDAM LIVRES POR AQUI!
SEGURO

— É aqui! — Arregalei os olhos.

— Conseguimos! — O Garoto Cenoura socou o volante, todo contente.

— Que demora... — Emma resmungou.

— Quem diria? — disse Dusty. — Parece que o velho zumbi tinha razão.

Chegamos mais perto, e Emma se inclinou para a frente, na direção do para-brisa.

— Peraí... olhem só.

Algumas das palavras da placa estavam apagadas. O Garoto Cenoura parou o carro, e nós descemos.

24.
Plano B

Aquilo não era uma área segura para zumbis. Era um antigo labirinto assombrado de Halloween que devia estar fechado há muito tempo. O zumbi que contou sobre o Nirvana Zumbi para Dusty devia ter visto a placa de longe.

Olhei para Dusty. Seus olhos pareciam mais lacrimejantes do que o normal. O Garoto Cenoura começou a fungar. Meus olhos também começaram a lacrimejar.

Todo mundo ficou em silêncio por um tempo. Então, Dusty murmurou:

— Que decepção.

— Sinto muito, Dusty.

— Não é culpa sua, Tom. Peço que me desculpem por eu ter causado todo esse transtorno.

Emma perguntou aquilo que todos queríamos perguntar:

— E agora, o que vamos fazer?

— E se a gente levasse Dusty para minha casa e o acomodássemos no porão? — disse o Garoto Cenoura. — Minha mãe nunca desce lá.

— Lucas, olhe para mim. — Emma o encarou, bem séria. — Você *não vai* deixar um zumbi morar em seu porão.

— Agradeço o convite, Lucas — disse Dusty.

— Talvez nós pudéssemos... — Mas eu não consegui pensar em nada.

Emma suspirou.

— Droga, que perda de tempo.

— Você não está sendo legal, Emma! — O Garoto Cenoura franziu as sobrancelhas. — Como iria se sentir se estivesse ansiosa para ir a um lugar bacana, onde todos os seus sonhos se tornariam realidade, e de repente não pudesse mais ir?

— Oi?! Isso *acabou* de acontecer comigo! Fecharam o shopping antes de eu terminar de fazer minhas compras.

— Eu vou ficar bem — Dusty garantiu. — Só me deixem aqui. Vou vagar pela estrada.

— De jeito nenhum — eu disse. — Não vou te deixar aqui.

— Calma! Eu tive uma ótima ideia! — O Garoto Cenoura se animou.

— Uma ideia melhor do que deixar o zumbi em seu porão? — Emma ironizou.

Ele a deixou falando sozinha e se virou para mim:

— Você deveria morder Dusty, Tom.

— Como é que é?!

— É, você o transformaria em um vamzumbi. Assim, pelo menos ele poderia se transformar em morcego ou virar fumaça para poder se esconder melhor.

Emma resmungou:

— Essa ideia é metade louca e metade maluca.

— Eu não sei o que poderia acontecer se eu fizesse isso... — Balancei a cabeça, inseguro. — Ele precisaria de sangue todos os dias.

Dusty coçou o queixo.

— Gente, acho que eu deveria voltar para o parque. Pelo menos lá eu ganho comida e tenho um teto. E não corro o risco de morder ninguém.

— Não vou deixar que você volte para o chefe! — falei, decidido.

E foi então que ouvimos uma voz:

— Não se mexam... Fiquem parados onde estão. Agora, virem-se para cá... bem devagar.

25.

Um convite

Atrás de nós, havia um cara enorme e barbudo, vestindo uma calça jeans e uma camisa xadrez. Ele segurava um cabo comprido com um laço de arame na ponta.

— Há um infeliz aí com vocês? — ele perguntou.

— Infeliz? — Não entendi o que ele queria dizer.

— Prefiro tratá-los assim do que chamá-los de *zumbis*.

— Sim — eu disse. — Mas não vamos te deixar machucar nosso amigo.

— Não quero machucá-lo. Eu quero ajudar. Como ele se chama?

— Eu me chamo Dusty.

— Muito prazer, Dusty. E você, qual é seu nome?

— Tom. E esses são Emma e Lucas. Nós achamos que aqui era uma área segura para zumbis.

— E é. Mas eu escolho quem vai entrar. Gosto de dar uma olhada antes. Eu me chamo Bradley.

Ele abriu o portão, e nós entramos. Atrás do muro, havia um celeiro, um campo e um lago. Não dava para ver nada disso do lado de fora. Bradley acenou para um zumbi que estava sentado em um banco, debaixo de um poste, roendo um osso de peru gigante.

— Ei, Jordan! Temos novos amigos!

O zumbi sorriu, acenou e voltou a comer o osso de peru.

— Esse é meu querido irmão, Jordan. Ele virou um infeliz há um tempo. No começo, eu cuidava só dele. Mas depois percebi que também poderia cuidar de outros infelizes. Tudo o que preciso fazer é alimentá-los e não deixar ninguém se perder por aí. A única regra é não devorar ninguém. Não somos um grupo grande, estamos em doze aqui. Temos jogos, noite de cinema, um lugar para nadar e bailes nas noites de sábado. Vocês sabiam que os infelizes são excelentes dançarinos?

— Ah... tá bom — Emma zombou. — De todas a esquisitices que eu já vi, essa é a mais esquisita.

Um cavalo saiu trotando do celeiro.

— Vocês têm um cavalo! — Dusty não podia acreditar no que estava vendo.

— Temos, sim, senhor — disse o Bradley. — Pode montar à vontade.

— Eu adoraria. Faz tanto tempo que não monto...

— Ótimo. Só não coma o cavalo.

Uma zumbi vestindo um vestido amarelo florido e botas de caubói espiou pelo canto do celeiro e sorriu para Dusty. Ele sorriu também.

— Essa é a Myrtle Mae. Ela toca violino e canta em nossos bailes. — Bradley se virou para mim. — Então vocês dois vão entrar para o grupo?

— Não, só Dusty. Eu sou só um terço zumbi. Sou um vambizomem.

— Já ouvi falar de você. Bem, se um dia mudar de ideia, estaremos aqui. Entre, Dusty. Acho melhor vocês irem embora. Quanto menos movimentação por aqui, menos chance de chamarmos atenção.

Dusty se virou para nós.

— Não tenho como agradecer por vocês terem me trazido até aqui.

— Não por isso — disse Emma, que não fizera nada além de ficar reclamando o tempo todo.

— Foi um prazer te conhecer, Dusty. Que bom que o Nirvana Zumbi era de verdade. — O Garoto Cenoura sorriu, feliz.

— O prazer foi meu, Lucas. Obrigado pela carona.

— Tchau, Dusty — eu me despedi. — Espero que você goste daqui.

— Acho que vou gostar, Tom. Obrigado. Tudo de bom.

Ele se virou e saiu andando na direção do celeiro.

o o o

Eu, o Garoto Cenoura e Emma começamos a longa viagem de volta para casa.

— Obrigado pela carona, Lucas.

— Que é isso, cara. Foi demais. Foi o melhor dia da minha vida.

— O quê? — Emma o encarou. — Eu achei que você tivesse dito que o dia em que demos o primeiro beijo tinha sido o melhor dia de sua vida.

— Ah, é... É verdade. Hoje foi o *segundo* melhor dia.

O dia tinha sido incrível mesmo. Às vezes tudo dá certo e coisas boas acontecem. Infelizmente, muitas coisas ruins estavam prestes a acontecer.

26.
Testes

— Tonzão, precisamos entrar para a peça da escola!

— Não, não precisamos, Zeke.

Estávamos parados em frente a um cartaz no corredor, ao lado da secretaria.

— Eu e Capri temos ensaiado.

— Subir ao palco pode ser uma experiência valiosa e enriquecedora — Abel comentou. — Incorporar um personagem, uma pessoa diferente de nós, desenvolve nossa empatia e compreensão de outros pontos de vista.

— Eu serei da equipe técnica — disse Salsicha. — A gente vai poder usar motosserras!

— Acho que vou ser da equipe técnica também — eu disse. — Não quero participar do espetáculo.

A última peça que fizemos foi quando estávamos na terceira série. O título era *Diversão na fazenda*. Foi a história mais boba que já inventaram. Eu fiz o papel de um pato, que tinha uma única fala: "Estou *empatolado* por você!" Na noite de estreia, eu esqueci minha fala porque fiquei olhando para Annie, que estava fazendo o papel de uma gansa, e me distraí. Zeke, que interpretava um porco, ao perceber que eu esqueci, disse: "Ei, senhor Pato! Você achou engraçado quando eu caí na lama?". E eu simplesmente deixei escapar: "Estou *empatolado* por você!" Emma tirou sarro de mim por uma semana e ficou dizendo "Estou *empatolado* por você!" o tempo todo, até que o papai a mandou parar.

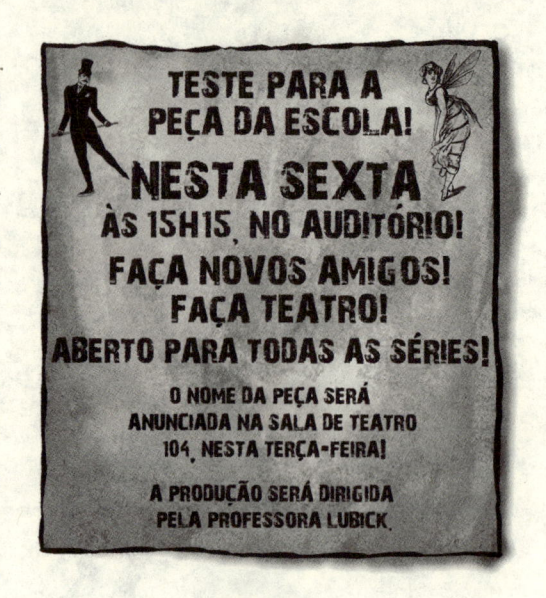

Não sou muito fã de teatro. Provavelmente porque minha mãe e meu pai me obrigavam a assistir a todas as peças horríveis de que a Emma participava. Era tão chato que eu dormia todas as vezes. A mamãe me dava cotoveladas para me acordar sempre que Emma aparecia.

> **TESTE PARA A PEÇA DA ESCOLA!**
> **NESTA SEXTA ÀS 15H15, NO AUDITÓRIO!**
> **FAÇA NOVOS AMIGOS!**
> **FAÇA TEATRO!**
> **ABERTO PARA TODAS AS SÉRIES!**
>
> O NOME DA PEÇA SERÁ ANUNCIADA NA SALA DE TEATRO 104, NESTA TERÇA-FEIRA!
>
> A PRODUÇÃO SERÁ DIRIGIDA PELA PROFESSORA LUBICK.

Quando a peça acabava, a mamãe sempre dizia: "Diga para sua irmã que ela foi ótima."

— Mas ela não foi — eu dizia. — Você quer que eu minta?

— Não... mas você pode pensar em alguma coisa legal para dizer para ela.

Todo ano, eu dizia algo diferente.

— Parabéns!

— Você conseguiu!

— Uau, não acredito no que acabei de ver!

O que eu queria dizer para Emma era: "Emma, você é muito ruim. Por favor, pare de fazer teatro para eu não ter que vir assistir."

Emma não interpreta bem, não dança bem e não canta bem, mas acha que sim. Creio que as únicas coisas que Emma sabe fazer é reclamar e fazer compras. A mamãe diz que Emma ainda não encontrou nada em que seja boa.

E por isso eu não queria participar da peça, mas queria fazer parte da equipe de apoio. Gostei da ideia de trabalhar com as luzes e construir cenários.

o o o

Na terça-feira, durante o intervalo, a sala de teatro lotou. Eu, Zeke, Salsicha, Annie, Capri e Abel ficamos de pé no fundo da sala, já que todas as cadeiras estavam ocupadas. A professora Lubick estava em pé no palco. Ela é a professora mais alta da escola e adora ficar mexendo em seu cabelo comprido. Zeke nutria uma paixonite por ela. Acho que esse foi o principal motivo para ele querer fazer o teste.

— Pessoal...

Ela sempre chama os alunos de "pessoal".

— Na peça deste ano, nós vamos encenar...

Ela fez uma pausa longa e dramática e olhou ao redor da sala.

— ...um musical!

A turma do teatro enlouqueceu e começou a comemorar, assoviando e se abraçando. Uma galera começou a zombar deles por se empolgarem tanto com uma coisa assim, mas, pensando melhor, eu bem que queria me empolgar com algo com toda aquela intensidade.

Uma menina da oitava série chamada Carolyn Haney subiu na cadeira e começou a gritar:

— Isso! Isso! Isso!

Ela provavelmente seria a protagonista, porque sabia cantar, dançar e atuar muito bem. Mas eu não gostava dela. Sempre que Carolyn passava por mim no corredor, me olhava estranho e ficava a cinco metros de distância. Poucas pessoas ainda fazem isso, só Carolyn e Maren.

A professora Lubick continuou:

— E o nome do musical é...

Ela fez *mais uma* pausa bem longa. A galera tentou começar a adivinhar.

— Será que é *Annie*? — perguntou Carolyn.

— Ou *Wicked*? — sugeriu Bella Peek, outra garota da oitava série. Ela tinha uma voz muito bonita e, em minha opinião, empatava com Olivia Dunaway como a garota mais bonita da escola. Às vezes, ela me dava oi no corredor.

— Vamos encenar *A pequena sereia*? — indagou Esther Blodgett, que estava com o cabelo comprido e as unhas vermelhas combinando. Era óbvio que ela queria fazer o papel de Ariel.

— Não, nada disso — disse a professora Lubick.

Esther falou um palavrão, mas saiu tão baixinho que só eu consegui ouvir.

— É *Matilda*? — Kaiden Verdon arregalou os olhos.

— Não.

— Vamos encenar *Hamilton*?! — gritou Emily Zolten. — Eu já vi esse musical vinte e três vezes! Por favor, diga que vamos fazer *Hamilton*!

— Desculpe, Emily, mas nós não vamos encenar *Hamilton*. — A professora Lubick voltou a olhar para todos nós.

Emily abaixou a cabeça na mesa e começou a chorar.

O pessoal do teatro é bem estranho.

— E aí, professora, qual musical vai ser? — Carolyn já se mostrava impaciente.

A professora Lubick respirou fundo e soltou o ar. Todos se achavam sentados na pontinha da cadeira, esperando para ouvir.

— Vamos encenar um musical espetacular, maravilhoso, fantástico chamado... *A mocinha e o monstro*!

Ninguém comemorou, gritou ou se abraçou. Senti um aperto no estômago.

— Nunca ouvi falar — disse Carolyn.

— Nem eu — comentou Jared Kenner, outro garoto da oitava série, que provavelmente também seria um dos personagens principais.

— É um musical da Broadway? — Annie quis saber.

— Ainda não! Mas quem sabe um dia. — A professora Lubick sorriu.

— A senhora já viu essa peça sendo encenada alguma vez? — Bella indagou.

— Não.

— A senhora leu? — perguntou Jared.

— Não. — A professora Lubick sorriu largo. — Eu escrevi!

Annie então soltou um:

— Oh-ou.

— Sobre o que é?

— É sobre um lindo príncipe, Carolyn, que se transforma em um monstro horroroso e uma mocinha que se apaixona por ele.

— Isso não é *A bela e a fera*?

— Lembra um pouco, Annie. — A professora Lubick abanou a mão.

— Então por que não encenamos *A bela e a fera*? — Carolyn quis saber.

— Eu adoro essa peça! — afirmou Jared.

Emily ergueu a cabeça para dizer:

— Eu conheço todas as músicas!

A professora Lubick fez que não com a cabeça.

— Não, de jeito nenhum. Todas as escolas da região encenam *A bela e a fera*. Nós vamos fazer algo diferente! Vamos a lugares onde ninguém foi! Porque nossa história se passa no futuro... no espaço sideral!

— Vai ter algum robô? — Zeke se animou.

— Sim — respondeu a professora Lubick. — Um coral de robôs que cantam e dançam!

— Maravilha!

Ela pegou uma pilha de papéis.

— Estou com as cenas do teste aqui. Leiam e escolham para quais papéis vocês querem se candidatar. Os testes acontecerão na sexta-feira, depois da aula, no auditório da escola. Às três e quinze em ponto!

O sino tocou.

— Agora vão para a próxima aula, e nos vemos na sexta-feira.

Todos nos levantávamos para ir embora quando a professora me chamou:

— Thomas? Você pode ficar mais um pouquinho, por favor? Eu mando um bilhete para seu professor explicando seu atraso.

Assim que ficamos sozinhos, a professora Lubick sorriu e disse:

— Estou muito contente por você ter decidido fazer o teste para entrar na peça.

— Ah, não... eu não vou entrar na peça.

A professora olhou para mim como se eu tivesse acabado de atropelar o cachorro dela.

— Por que não?

— Ah, eu não gosto muito de atuar. Quero fazer parte da equipe técnica.

— Mas eu já te ouvi cantar no coral. Você é muito talentoso!

— Ah, eu gosto de cantar, mas não de atuar nem de dançar.

— Deixe-me te contar uma coisa: cantores *são* atores. Quando você canta, está atuando. Acho que você se sairia bem, Thomas. Sei que ainda está na sexta série, mas eu reconheço um talento quando vejo um. — Ela ficou séria e começou a falar mais baixo: — E ouso dizer que este papel é perfeito para você.

— Qual papel?

— O papel de Sandrich, o pobre coitado infeliz...

— O monstro?

— Não estou dizendo que você é um monstro. Eu nunca diria algo assim. Mas você é... especial. Quem poderia entender esse papel melhor que você? Você nem precisaria encenar.

— Mas encenar não é fingir ser outra pessoa?

Ela fez um barulho como se estivesse pensando.

— Hummmm... sim... e não. Um diretor sempre deve escalar a melhor pessoa para o papel. E, aliás, como nosso espetáculo vai acontecer em uma noite de lua cheia...

— ...eu serei um lobisomem.

— Isso! Você nasceu para esse papel. Bom, você não *nasceu* para isso. Você foi mordido para esse papel.

— Ah, desculpe, professora Lubick, mas eu só quero fazer parte da equipe técnica. Preciso ir para minha aula.

Ela se inclinou em minha direção.

— Thomas... com você no papel principal, temos boas chances de ganhar o Prêmio de Melhor Produção Teatral Escolar da região. Eu nunca ganhei, e este é meu ano. Quer dizer, *nosso* ano! Não diga que não. Prometa que vai pensar.

Eu só queria sair logo de lá, então falei:

— Tudo bem, eu vou pensar.

Pensei no assunto por cinco segundos no caminho para a aula. Eu não queria fazer o papel de um monstro. Eu já era um monstro todos os dias. Não acredito que ela teve coragem de me pedir para fazer o teste. Mas, de qualquer jeito, eu iria me candidatar para fazer parte da equipe técnica junto com Salsicha.

o o o

— Você vai fazer o teste para a peça da escola? — Emma perguntou durante o jantar naquela noite.

— Não. — Eu estava comendo um sanduíche de frango, carne e bacon.

— Por que não? Aposto que você ficaria bem... *empatolado*! — Ela riu como se tivesse acabado de contar a piada mais engraçada de todos os tempos.

— Emma! — repreendeu papai. — O que eu disse que aconteceria se você falasse isso de novo?

— Ahm... nada?

— Não! Você vai ter que lavar a louça por uma semana!

— O quê?! Que castigo cruel e sem sentido! Esse castigo já *escreveu*!

— Emma, a palavra correta é *prescrever*, e não *escrever* — a mamãe corrigiu.

— Que seja, concordamos que eu poderia falar uma vez por ano, até assinamos um contrato.

— É verdade — papai se lembrou. — Assinamos mesmo. Minha família é muito estranha.

— Você deveria fazer o teste de elenco, Tom — disse mamãe, que sempre quer que eu faça coisas diferentes. — Pode ser divertido.

— Eu fiz o papel de Snoopy quanto tinha sua idade. — O papai sorriu.

— Nós já sabemos, pai. Você nos obrigou a assistir ao vídeo. — A Emma ergueu o olhar e suspirou.

— Minha música era ótima! — O papai abriu a boca para cantar.

Emma apontou o dedo pra ele.

— Se você cantar aquela música, eu acabo com você!

O papai fechou a boca e voltou a comer o sanduíche.

— Eu quero entrar na equipe técnica.

— Deve ser melhor mesmo, Tom. — Emma deu de ombros. — É *superdifícil* conseguir um papel nessas peças. Eu conseguia entrar todos os anos, é claro. Mas a professora Lubick é muito exigente.

— Na verdade, ela quer que eu faça o teste para o personagem principal.

Emma deixou o pão cair.

— Personagem principal? Você tá me sacaneando? Você estuda na sexta série! Alunos da sexta série *nunca* são escalados para o papel principal! Qual vai ser a peça, *A bela e a fera*?

— EMMA! — papai e mamãe disseram juntos, com aquela voz de quem diz "você está em apuros, mocinha".

— Foi mal. — Emma se fingiu de calma. — Qual é o musical?

— O nome é *A mocinha e o monstro*. Foi a professora que escreveu. É meio parecido com *A bela e a fera*, mas se passa no espaço sideral, no futuro.

Emma suspirou.

— Eu teria sido incrível como a protagonista de *A bela e a fera*.

A mamãe deu um sorriso falso e disse:

— Teria sido... inesquecível.

Ela e o papai se olharam, felizes por não termos sidos obrigados a ver aquilo.

Emma começou a cantar a primeira música de *A bela e a fera*.

— Se você pode cantar, eu também posso! — E o papai começou a cantar também.

Eu e a mamãe nos levantamos e saímos da sala.

27.
O anúncio

Na segunda-feira de manhã, todos que fizeram o teste para a peça saíram correndo pelo corredor para chegar à sala de teatro e ver a lista do elenco colada na porta. A galera pulava, se abraçava, gritava. Alguns alunos choravam, dois garotos disseram uns palavrões e outros saíram de cabeça abaixada. Fui até a frente para conferir.

Lista do elenco
A mocinha e o monstro

        Felice, a mocinha:
Carolyn Haney (substituta: Bella Peek)
      Sandrich, o monstro:
    Jared Kenner (substituto: ...)

Jared era um garoto engraçado que estava sempre contando alguma piada. Era o mais alto da escola, e várias garotas o achavam bonitão. Mas ele teria que usar uma maquiagem de monstro na peça, então não fazia diferença. Continuei lendo a lista para ver quem mais estaria na peça.

    Tara, a ladra: Annie Barstow
Professor Daedelus: Abel Sherrill
Robô Número 3: Zeke Zimmerman
Cidadão Número 7: Capri Ishiboshi

— Excelente! — disse Zeke. — Sou o Robô Número 3! Vou poder usar uma espada *laser*!

— Parabéns, Annie — eu a cumprimentei.

— Obrigada. Por que não tem nenhum substituto para o papel do Sandrich?

— O que será que aqueles três pontos significam? — Zeke quis saber.

— Significa que ainda não definiram — informou Abel. — Na certa a professora Lubick definirá um substituto posteriormente.

— Cidadão Número 7? — Capri reclamou. — Eu não tenho nenhuma fala! Que papel pequeno e medíocre!

Abel sorriu.

— Como o grande diretor Konstantin Stanislavski disse: "Não existem papéis pequenos, apenas atores pequenos."

— Eu não sou pequena! — Capri pôs as mãos na cintura. — Sou a segunda menina mais alta da nossa sala!

o o o

A caminho do ensaio, Annie me perguntou:
— Você não leu a peça?
— Ainda não.
Ela olhou em volta e falou baixinho:
— Não é muito boa. Eu faria melhor.

Provavelmente faria mesmo.

Os atores e a equipe técnica se sentaram em grupos separados. Tanner também fazia parte da equipe técnica. Até que era legal estar junto com o pessoal da sétima e da oitava série. O professor de Álgebra, o senhor Herman, era o responsável pela equipe técnica.

— Os atores encenam a peça, mas nós construímos. Todos somos importantes — ele nos disse.

A professora Lubick veio em minha direção e sussurrou ao meu ouvido:

— Eu não perdi as esperanças, Tom. Acho que você pode mudar de ideia. Você seria um excelente substituto.

Jared, que faria o papel do monstro, estava brincando, contando piadas e fazendo umas vozes engraçadas.

— Sossega, Jared! — ralhou a professora Lubick. — Temos muito trabalho pela frente.

28.
Um telefonema-surpresa

Naquela noite, eu estava em meu quarto fazendo um trabalho de História quando, de repente, meu celular tocou. Não reconheci o número.

— Alô?

— Noite.

Eu conhecia muito bem o dono daquele vozeirão.

— Dusty! Como vão as coisas? Está tudo bem com você?

— Muito bem, Tom. O Nirvana Zumbi é um belo de um rancho. Eu só queria agradecer por você ter me trazido até aqui.

— Tem bastante comida aí? — Sendo parte zumbi, eu sabia que essa era uma informação importante.

— Tem sim. Acabei de comer um frango frito delicioso com a senhorita Myrtle Mae.

— Quem é Myrtle Mae?

— Você a conheceu quando me deixou aqui. Ela é a violinista. Uma moça muito bacana.

— Ela é sua namorada? — Credo, eu tava parecendo Emma.

Dusty riu.

— Bom, ainda vamos ver. Digamos que eu não acharia nada ruim. Mas e você, amigo? Tem uma namorada?

— Bom... é meio complicado. Eu gosto muito de uma menina que se chama Annie. E acabei conhecendo uma garota que se chama Amaryllis em uma festa, que também é muito legal. Mas tem outra de quem eu gosto que se chama Martha Livingston.

— Que história complicada. Uma bela de uma *incógnita* para você resolver.

Eu ri e contei a Dusty que esse era o nome da nossa banda.

— Martha é mais velha que eu.

— Muito mais velha?

— Bom, ela tem duzentos e vinte e quatro anos.

Dusty soltou um longo assovio.

— Ela deve ter muita história pra contar.

— Essa é a idade em anos de vampiro. Em anos humanos, ela tem treze. Foi ela que me mordeu. Mas acho que Martha está brava comigo, então imagino que não vai dar certo.

Contei para ele que eu tinha deixado Martha perseguir Darcourt sozinha porque vi o *trailer* do parque em que ele estava.

— Você já contou para alguma dessas garotas que gosta dela?

— Ainda não, Dusty.

— Talvez seja uma boa ideia.

Resolvi mudar de assunto, então falei sobre a peça da escola.

— Quando vai ser o espetáculo? — ele perguntou.

— No sábado, daqui a duas semanas.

— E como está Emma? E Lucas?

— Estão bem. Inventaram mais apelidos bestas. Senhor L e senhora E.

— Bom, casais apaixonados fazem coisas peculiares.
Ouvi uma voz ao fundo:
— Ei, Dusty! Você vem dançar ou não?
— Myrtle Mae está me chamando. Preciso ir, Tom. Ligue sempre que quiser prosear. E boa sorte na peça.
— Valeu, Dusty.
— Tudo de bom.

29.
O acidente

Na semana seguinte, o elenco ensaiou todos os dias após as aulas, das três e quinze às cinco horas, enquanto nós montávamos o cenário. Certa ocasião, Tanner estava pintando alguma coisa no chão do palco. Eu e o senhor Herman testávamos a espaçonave que sobrevoaria o palco amarrada a um fio. Começamos a puxar a nave, mas ela acertou uma lâmpada que estava presa em uma barra, e a lâmpada caiu.

— Cuidado! — o professor Herman gritou.

Eu estava do outro lado do palco, mas como sou muito rápido, consegui pular e pegar a lâmpada um segundo antes de ela cair na cabeça de Tanner. Ele me olhou com aquela mesma cara que fez quando impedi que Dennis Hannigan lhe desse uma surra. Eu salvei a vida do Tanner *de novo*. Agora ele me devia em dobro. Pelo menos, dessa vez ele agradeceu.

— Alguém pode, por favor, pendurar essa lâmpada direito?

— Pode deixar comigo, professor Herman — o Salsicha se prontificou.

Ele subiu em uma passarela de madeira em cima do palco e pendurou a lâmpada. Mas percebi que ele não parava de olhar para Bella Peek, então não parecia que estava fazendo um trabalho muito bom.

Carolyn agia como se fosse a grande estrela de uma peça da Broadway. Mas tenho que admitir: ela era muito talentosa. Jared não parava de brincar e não conseguia se lembrar das próprias falas, então a professora Lubick vivia gritando com ele: "Decore suas falas!" Kiev Lanner estava sempre perguntando para a professora se ele não podia ser o substituto do monstro. Salsicha não desgrudava os olhos de Bella Peek e passava por ela sempre que podia. Zeke quebrou a espada *laser* três vezes porque se empolgava demais durante a cena de luta. Tanner não ficou zombando de ninguém.

Mas, uma semana antes do espetáculo, tudo virou de pernas para o ar. Eu pendurava um globo luminoso em um dos lados do palco, que seria usado na cena em que a espaçonave faz seu sobrevoo. Estava cantando baixinho uma das músicas do monstro (*Eu não gosto de espelhos*). Tinha ouvido Jared cantar tantas vezes que a letra grudou em minha cabeça. Eu nem percebi o que fazia até que ouvi a voz da professora Lubick atrás de mim:

— Você tem uma voz tão linda, Tom.

Parei de cantar na hora.

— É uma pena que não esteja na peça. — Ela suspirou e se afastou.

Eu me arrependi um pouquinho de não ter tentado ficar com um papel menor. O elenco parecia estar se divertindo. Talvez no próximo ano.

— Vamos fazer a cena da fuga! — Lubick gritou.

Carolyn subiu ao palco com as sentinelas robôs, que eram Zeke e mais dois garotos do sétimo ano.

— Vou ajudá-la a escapar deste planeta, princesa Felice! — Zeke disse com uma voz robótica.

Carolyn colocou a mão no ombro de Zeke e afirmou:

— Eu sempre pude contar com a gentileza dos robôs.

Zeke fez continência e saiu andando duro, passando na frente de Carolyn para descer do palco.

— Ei, parado aí! — Carolyn gritou. — Qual é a sua, garoto? Não passe na minha frente. Você está bloqueando minha luz. A peça se chama *A mocinha e o monstro*, não *A mocinha e o Robô Número 3*.

— Foi mal — Zeke se desculpou.

Carolyn sempre o chamava de "garoto", embora soubesse muito bem o nome dele.

— Acalme-se Carolyn — pediu a professora Lubick.

Jared subiu ao palco para fazer a cena seguinte com Carolyn. Ele ainda não sabia as próprias falas, então tentou ser engraçado dizendo o texto de Carolyn.

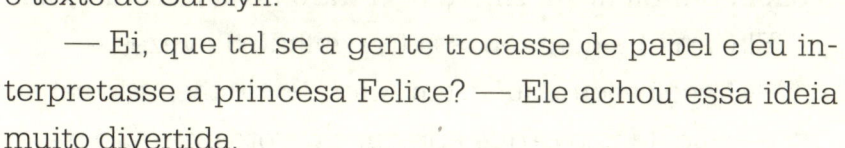

— Ei, que tal se a gente trocasse de papel e eu interpretasse a princesa Felice? — Ele achou essa ideia muito divertida.

A professora Lubick discordou completamente.

— Jared! Todo mundo já sabe as falas, menos você! Não vou mais tolerar suas palhaçadas! Você quer participar da peça ou não?

— Quero, professora Lubick — ele sussurrou.

— Então, no ensaio de amanhã, é melhor você saber direitinho todo o seu texto. Caso contrário... você vai ser substituído!

— Por quem? — perguntou Carolyn. — Ele não tem substituto.

A professora não respondeu.

— Pessoal, vou fazer um pequeno ajuste na cena da passarela que ensaiaremos amanhã.

Ela entregou uma folha impressa com as falas da nova cena para todos. Annie, que é a leitora mais rápida do mundo, foi a primeira a terminar de ler.

— Uau... — ela disse, baixinho.

As pessoas começaram a se perguntar:

— Como é que é? Você viu isso? Meu Deus!

— Carolyn e Jared vão ter que se beijar! — Zeke arregalou os olhos.

— Silêncio, Zimmerman — a professora Lubick ralhou.

Esther Blodgett segurou o braço de Carolyn e perguntou:

— Você vai mesmo dar um beijo nele?!

— Claro. Faz parte da peça. Eu sou profissional. Fiz o papel principal em *Annie* no Teatro do Círculo da Vila.

Ela já tinha contado isso um milhão de vezes.

— Você beijou alguém em *Annie*? — Esther quis saber.

— Não. Mas tive que abraçar o garoto que fez o papel do cachorro Sandy. E ele estava fedendo. Gente, atores se beijam nas peças o tempo todo. É normal.

Todo mundo sabia que Jared era o *crush* dela.

o o o

No ensaio do dia seguinte, a professora Lubick disse:

— Pessoal, atenção aqui, por favor. Não quero risadinhas ou comentários durante a cena. Vocês não são mais crianças. Vocês são adolescentes, e espero que se comportem como tal.

A cena teve início. Jared ainda não sabia algumas falas. A professora Lubick ficava mandando-o parar e o obrigava a começar de novo, então ele e Carolyn não chegaram a se beijar. Depois de cinco vezes, a professora se zangou.

— Jared, o que eu falei para você ontem?

Ele sorriu e disse:

— Que eu sou o melhor ator que a senhora já viu?

— Jared!

— Desculpa, profe. Prometo que vou saber minhas falas até o dia da peça.

A professora se levantou.

— Venha comigo, Jared.

Os dois saíram do auditório. Cinco minutos depois, a professora abriu a porta e colocou a cabeça para dentro da sala.

— Thomas Marks, você pode vir aqui fora, por favor?

Eu fui até lá. Jared não estava mais com ela. A professora colocou as duas mãos em meus ombros.

— Tom, preciso de sua ajuda. O elenco precisa de sua ajuda. A peça precisa de sua ajuda. A escola precisa de sua ajuda. O *teatro* precisa de sua ajuda. Você pode entrar na peça?

30.

A mudança

— **A**tenção, pessoal! — disse a professora Lubick. — Jared não está mais na peça. Quem interpretará Sandrich será Thomas Marks.
— O quêêêêê?!
— Ela tá falando sério?
— Maneiro!
— Mas ele é do sexto ano!
— Ah, isso não é justo!
— Ele nem vai precisar de maquiagem!
— Ah, essa piada era minha!
— Cochilou, o cachimbo cai!

Eu podia ouvir tudo o que diziam, querendo eles ou não.

— Silêncio! — A professora pôs as mãos na cintura. — Vamos recomeçar de onde paramos. Ato dois, cena sete.

Carolyn, que estava com uma expressão muito séria, perguntou:

— Posso falar em particular com a senhora, professora?

— Claro, mas tem que ser rápido.

Elas foram para o outro lado do palco. Eu fingi ler o script enquanto as ouvia.

— Você não pode deixar Tom ser o Sandrich.

— Por quê?

— Porque não pode.

— Você precisa me dar um bom motivo, Carolyn.

— Ele é... ele é...

— Ele é o quê?

— Ele é... ele é estranho. Ele não é normal. Ele é um vambizomem, professora.

A professora Lubick ficou muito séria.

— Carolyn, você entendeu a mensagem desta peça? A moral da história é que as aparências físicas não importam. O que conta é como as pessoas são por dentro.

— Eu sei... mas vou ter que beijar o Tom?

— Carolyn não vai beijar o Tom. Felice vai beijar Sandrich. Você está atuando. Não é um beijo de verdade.

— Sim... mas ele é um monstro de verdade.

— Você deveria se envergonhar de dizer isso. Tom não é um monstro.

— É, sim. Ele é um vampiro, um lobisomem e um zumbi! Ele é três monstros em um!

Todo mundo ficou olhando para elas. Lubick puxou Carolyn para mais longe, mas eu ainda conseguia ouvi-las.

— Carolyn, só peço para você tentar fazer a cena. Entre na personagem. Acho que você verá que não tem nenhum problema.

Carolyn ficou parada por um instante, e então suspirou.

— Tá bom...

— Muito bem.

A professora voltou ao palco.

— Cada um em seu lugar! Vamos começar!

Carolyn foi até onde eu estava, mas não olhou para mim. Ela ficou olhando por cima de minha cabeça. Eu segurava o texto, mesmo sabendo as falas, já que eu tinha ouvido aquilo tudo um milhão de vezes.

Ela pigarreou e começou:

— Antes que você vá embora, Sandrich, tem uma coisa que quero fazer há muito tempo.

— Salvar o povo Gorlop? — eu disse.

— Não. Quero um beijo seu.

— Você beijaria uma criatura como eu?

Eu estava prestes a dar meu primeiro beijo. Embora não do jeito como achei que seria. Carolyn era uma garota bonita, mas eu não gostava dela. E ela me achava um monstro. Sempre quis que meu primeiro beijo fosse com Annie. Fiquei lá parado, olhando para Carolyn, esperando que ela me beijasse, quando, de repente, ela se virou.

— Não consigo!

— Carolyn, o que nós acabamos de conversar? — A professora Lubick franziu as sobrancelhas.

— Ele é um... — Carolyn olhou para mim e fez uma cara de quem tinha acabado de sentir um cheiro horrível.

— Ele é o *quê*? — Annie, que assistia da coxia, perguntou.

— Eu não vou fazer isso — Carolyn afirmou.

— Achei que você fosse uma *atriz profissional* — Annie zombou.

— Não se intrometa, Annie — alertou a professora. — Deixe que eu cuido disso.

— Eu sou, mas é que... — Carolyn ia dizendo.

— Mas o quê? — Annie a encarou. — Você não disse nada disso quando achou que beijaria Jared.

— É porque Jared não é... essa coisa! Duvido que você teria coragem de beijar Tom!

— Vamos, vamos, acalmem-se todos! — pediu a professora.

Annie se aproximou de Carolyn. Parecia que ela queria dar um soco no nariz dela. Mas não deu. Ela se virou e segurou meu rosto com as duas mãos e me puxou em sua direção.

E me beijou.
Na boca.
Zeke começou a bater palmas.
E todo mundo soltou um "Ooooooooo!".
O beijo acabou, e Annie se virou para encarar Carolyn.
— Qual é a dificuldade?
Meu primeiro beijo foi com Annie, mas eu preferiria que não tivesse sido na frente de vinte e sete colegas de escola e de uma professora.

— Certo, Annie. Você provou o que queria. Agora, sente-se.

Annie obedeceu a professora.

Mas não acabou por aí.

Capri se levantou, veio até mim e disse:

— É, Carolyn, qual é a dificuldade? — E ela me beijou.

Na boca.

E foi *duas vezes* mais demorado do que o beijo de Annie.

Como eu amo o teatro...

31.
O show tem que continuar

Carolyn desabou em lágrimas e gritou:
— Eu desisto! Não vou mais participar dessa porcaria de peça!

Ela desceu correndo do palco e saiu do auditório. Suas duas melhores amigas, Cecily e Gwendolyn, dispararam atrás dela. Elas também estavam chorando. Esse pessoal do teatro chora demais.

A professora Lubick limpou a garganta e disse:
— Essas coisas acontecem no teatro, mas o show tem que continuar. E *vai* continuar. Bella Peek, você assume o papel de Felice. A menos que tenha algum problema para você.

Bella se levantou e veio até mim. Sorrindo, ela respondeu:

— Não. Nenhum problema.

o o o

Eu liguei para Dusty naquela noite para contar sobre a peça.

— Parabéns, Tom. Uma vez eu participei de uma peça, mas não beijei ninguém. Fiz o papel de um cacto.

— Estou meio nervoso. Não sei se vou conseguir decorar tudo em uma semana.

— Acredito que, se você se concentrar, consegue sim.

— Espero que tenha razão, Dusty.

— Queria muito ver a apresentação. Mas acho que as pessoas ficariam agitadas se houvesse um zumbi de verdade sentado na plateia.

— É, provavelmente.

— Escuta, você tem o número do Lucas? Gostaria de agradecer por ele ter me ajudado.

Eu passei o número do Garoto Cenoura.

— Muito grato, Tom. Depois me conte como foi a peça. Vou ficar pensando em você.

o o o

No ensaio do dia seguinte, a professora Lubick falou:

— Quero que Tom e Bella repassem todas as cenas do Sandrich e da Felice para se entrosarem.

Nós repassamos todas as cenas, e então chegou a hora da cena do beijo.

Antes do ensaio, Abel tinha me dado uma escova de dentes e umas balinhas de hortelã. Ele guarda de tudo em nosso armário.

Eu e Bella estávamos prestes a começar a cena.

Ela sorriu e comentou:

— Você está cheiroso.

— Obrigado. — Preciso me lembrar de ouvir o que Abel diz. E então eu me lembrei de falar de algo que estava me preocupando: — Bella, na noite do espetáculo... vai ser noite de lua cheia. Eu vou virar lobisomem.

— Sei disso.

— Você já me viu como lobisomem?

— Já. Vi você atrás do palco no show de inverno, quando vestia a fantasia de boneco de neve. Você estava parecendo Xavier, o meu cachorro.

— Seu cachorro? — Não foi legal ouvir aquilo.

Ela percebeu que eu não gostei.

— Não, de um jeito bom. — Ela riu.

— Xavier é fofo. Eu sempre dou beijinho no focinho dele.

Será que ela ia beijar meu nariz?

Começamos a cena.

Eu disse minha fala:

— Você beijaria uma criatura como eu?

Nós nos beijamos. Bella teve que se abaixar, porque é mais alta que eu. Não me importei.

Agora eu já tinha beijado três garotas diferentes em menos de vinte e quatro horas. Olha, estou considerando seriamente me tornar ator quando crescer.

Após o ensaio, Salsicha quis saber:

— Seu sortudo! Como foi beijar Bella Peek?

Eu dei de ombros. Achei que aquela era a melhor resposta.

Depois, foi a vez de Capri:

— Você gostou de beijar Bella Peek?

Dei de ombros mais uma vez.

o o o

Durante o restante da semana, eu estudei bastante meu papel. Comecei a ficar empolgado com a ideia de participar da peça. E, quando me dei conta, já era sexta-feira. Dia do espetáculo.

Jantei bem cedo, comi um filé enorme e um rosbife, para não ficar com fome de zumbi durante a peça. Passei pela sala, onde Emma assistia a um filme chamado *O pedido perfeito* pela milionésima vez.

— Tenho uma pergunta séria para você, Tom. A peça é engraçada. Você vai me deixar... *empatolada*?

— Eu ouvi isso! — papai gritou da cozinha. — Vai lavar a louça por uma semana!

Fui para meu quarto. Eu queria ensaiar minhas falas mais uma vez. A peça seria às oito, e tínhamos que chegar à escola às sete.

Quando entrei, vi uma coisa que eu não queria ver.

Uma vampira de longo cabelo ruivo sentada a minha mesa.

Martha Livingston estava de volta.

32.
Trapaceiro

A lua estava alta no céu, e eu já tinha me transformado em lobisomem. Tentei agir naturalmente, como se não houvesse deixado Martha enfrentar Darcourt sozinha, e ela só estivesse ali para me dar um "oi".

— Ah. Oi, Martha.

Ela não disse nada.

— Como você está? — perguntei.

Ela ficou me encarando com aqueles olhos verdes.

— Hum… achei que você tinha dito que não queria mais me ver.

Ela continuava me encarando.

— Você está… com sede?

Ela cerrou os olhos.

— Vestido novo?

Ela abriu a boca. No começo falando baixinho, mas sua voz ficava mais alta e mais assustadora a cada palavra:

— Seu covarde!... seu traidor!... seu trapaceiro!... Patife!... Cafajeste!... Calhorda!

Eu não conhecia algumas daquelas palavras, mas sabia que não eram nenhum elogio.

— Martha, eu sinto muito por ter te deixado sozinha para ir me encontrar com o zumbi, mas é que...

— Por ter me deixado? Você me abandonou!

— Não abandonei.

— Você me largou!

— Não larguei. Tecnicamente, eu só tomei distância durante o voo.

— Conversa fiada! Você me abandonou e me deixou enfrentar Darcourt sozinha! Me dê um bom motivo para eu não sugar todo o seu sangue e acabar com você.

— Ahm... seria nojento?

Martha se levantou da cadeira e veio em minha direção. Eu dei um passo para trás.

— Calma! Você disse que nunca mais queria me ver! Você disse isso naquela mensagem!

— Que mensagem? — Ela pareceu confusa, mas ainda brava. — Não mandei mensagem nenhuma.

— Mandou, sim. Olha só, deixa eu te mostrar. — Peguei meu celular e rolei até encontrar a mensagem dela.

— Não fui eu que mandei isso.

— Ué, e como é que eu ia saber? Quem foi que mandou, então?

Martha ficou em silêncio por um instante, e então disse:

— Foi Darcourt quem fez isso. Ele perguntou sobre você quando nos encontramos.

— Mas por que ele enviaria essa mensagem?

— Para você não ir me procurar. Até parece que você *iria* me procurar.

— Eu fui te procurar.

Martha pareceu não acreditar em mim. Preferi mudar de assunto:

— E aí, o que aconteceu?

Ela se sentou na beirada da minha cama e respirou fundo.

— Depois que você me *abandonou*, eu voei até encontrar Darcourt em uma estradinha de terra. Voltei a minha forma humana e exigi que ele devolvesse o livro à verdadeira dona. Ele zombou e disse: "Você vai ter que pegar de mim, Martha". E eu respondi: "Então é isso o que eu farei."

— Você lutou contra ele? — Arregalei os olhos.

— Lutei.

— E quem ganhou?

— Ele... Talvez, se eu houvesse contado com a ajuda de, digamos, um vambizomem todo-poderoso, ele não tivesse ganhado! E, portanto, Darcourt ainda está com o livro.

— Sinto muito, Martha.

Ela suspirou.

— Achei que fôssemos amigos, Thomas Marks.

— Mas nós somos.

— Somos? Como meu amigo Benjamin Franklin disse uma vez: "Um amigo falso e uma sombra só aparecem enquanto o sol brilha." — Martha olhou para fora da janela. — Amigos não abandonam os amigos quando eles mais precisam.

— Bom... amigos não transformam os amigos em vampiros. — Eu me defendi.

— Nós não éramos amigos na primeira vez em que te vi dormindo na casa da sua avó. Você era meu jantar.

— Aposto que, se você fosse parte zumbi, também gostaria de conhecer o zumbi que te mordeu.

— Talvez — ela admitiu.

— E depois que eu conversei com o zumbi, fui atrás de você, sim. Encontrei um pedaço do seu casaco, um tufo de pelo de Darcourt e uma página do livro. Fiquei procurando um tempão, mas não te achei.

— E como foi seu encontro épico com o zumbi? — ela quis saber.

Contei sobre Dusty e que eu voltei para ajudá-lo a fugir para o Nirvana Zumbi.

— Estou impressionada e surpresa. Não achei que você fosse capaz de realizar um ato tão nobre e altruísta. Vou te dar a chance de realizar mais um ato da mesma natureza.

— O que quer dizer com isso?

— Durante meu confronto com Darcourt, eu fiquei inconsciente. Quando acordei, ele já não estava mais lá. Saí voando para encontrá-lo, mas os rastros dele já tinham se apagado. Eu procurei em vão por várias semanas. Darcourt é bastante habilidoso na arte de desaparecer.

— Por que você não veio me pedir ajuda?

— Porque eu não queria nem olhar para você!

— Então por que você está aqui?

— Ontem, descobri que Darcourt vai se encontrar com sua alcateia para apresentar o livro na Assembleia Semestral de Lobisomens.

— Por que ele não mostrou assim que pegou?

— Estranhamente, para um grupo de criaturas tão brutas e selvagens, eles são fanáticos por formalidades.

Veja, só tem um jeito de se infiltrar no grupo e pegar o livro de volta. E só uma pessoa pode fazer isso.

Eu não estava gostando nada daquilo. Ela continuou:

— Você é um lobisomem. E, embora não mereça, vou te dar uma chance de se redimir.

— Do que você está falando *exatamente*? Eu, me redimir?

— Sim, fazer as pazes. Corrigir seu erro. Então, você irá ao encontro, pedirá para entrar para a alcateia de Darcourt e, durante a iniciação, pegará o livro e fugirá.

— Ah, é só isso que eu tenho que fazer? — indaguei, sarcástico.

— Sim, apenas isso. É um plano simples e claro.

— Por que eu é que tenho que fazer *tudo*?

— Porque foi você que disse a Darcourt onde escondera o livro! A culpa é sua!

Tá, não havia como argumentar contra isso.

Ela se levantou da cama.

— Eles vão se encontrar em Oak Glenn. Não

fica longe daqui. Menos de uma hora de distância, se voarmos rápido. Você está pronto?

— Como assim?

— Thomas Marks, alguém sacudiu seu cérebro? Será que vou ter que explicar o significado da palavra *pronto*? Vamos! Temos que nos apressar!

— O quê? De jeito nenhum! Hoje eu não posso!

— Por que não? — Martha cerrou os dentes e mostrou as presas pela primeira vez.

— Tenho um compromisso esta noite. Eu sou o personagem principal da peça da escola.

Ela deu um sorrisinho falso, como o de Maren Nesmith.

— Uau, parabéns! Estou tão feliz por você! — E então, começou a gritar comigo: — Acha mesmo que vou permitir que você participe de uma peça boba, banal e insignificante enquanto o destino de todo o mundo vampírico está em suas mãos?!

— Ééé... não?

— Se você se recusar a vir comigo, vou lutar com você até o fim.

— Se acabar comigo não poderei pegar o livro.

— É jeito de falar!

— Tá bom. Mas precisarei estar na escola às sete horas.

— Nós só voltaremos com o livro. Nenhum segundo antes. Vamos!

Então, lembrei-me de uma coisa.

— Ei, mas será que Darcourt não vai me reconhecer?

— Nós mudaremos sua aparência.

— Como?

— Pintando seu pelo de outra cor.

— Mas e meu cheiro? Ele me reconhecerá pelo cheiro.

— Isso pode ser resolvido com perfume. Agora, precisamos nos apressar. Você já pintou cabelo alguma vez?

— Não. Mas conheço alguém que pinta.

33.
Pôr do sol da Califórnia

Nos últimos anos, Emma pintou o cabelo de preto, vermelho, loiro, verde, roxo e rosa. Ela nunca joga nada fora, então imaginei que ainda teria um pouco de tinta velha guardada. Falei para Martha ficar em meu quarto e entrei escondido no quarto de Emma, que ainda assistia ao filme lá embaixo. Estava uma bagunça, como sempre. Encontrei um perfume chamado "Homenagem ao garoto" na cômoda e coloquei em meu bolso.

Achei a tinta de cabelo em uma das gavetas da mesa onde ela se maquiava e onde passa três horas por dia. O nome da tinta era "Pôr do sol da Califórnia", e torci para que não fosse loiro. Levei ao banheiro e comecei a me preparar.

— O QUE VOCÊ TÁ FAZENDO?! — Emma estava parada à soleira.

— É... é... é que eu me esqueci de pintar o pelo para a peça. — Mostrei a caixa. — Posso usar sua tinta? Que cor é?

Emma tomou a caixa da minha mão.

— É loiro. Por que você precisa ficar loiro?

— É... tem uma cena na peça em que a mocinha diz: "O seu pelo é tão claro e bonito."

Na peça, ela não ouviria aquela fala, então depois eu teria que dizer que a mocinha esqueceu de dizê-la. Bom, isso se eu conseguisse voltar a tempo para a peça e não fosse devorado por lobisomens.

— Posso ajudar você a pintar o pelo. — Ela se ofereceu.

— Sério?

Às vezes, uma vez por ano, Emma faz algo para ajudar. Eu sempre ficava surpreso nessas ocasiões. Falei para ela pintar só meus braços, mãos e rosto, pois eram as únicas partes que ficariam à mostra. Emma passou a tinta em meu pelo com um pincelzinho. Foi nojento. Meu pelo ficou completamente amarelo.

Emma deu risada.

— Você parece um pintinho gigante!

Não dava tempo de arrumar. Eu precisava partir.

— Diga à mamãe e ao papai que estou indo para a casa de Zeke para treinar minhas falas. A mãe dele vai nos levar ao teatro.

— Você não quer treinar as falas comigo? Sou, tipo, praticamente uma atriz profissional.

— Ahm… fica pra próxima!

Voltei para meu quarto.

— Nunca vi um lobisomem amarelo — Martha comentou. — Rápido! Me dá o perfume, para que eu possa te encharcar e disfarçar seu cheiro.

Ela abriu o frasco. Senti o aroma na hora.

— Credo! Cheira a chiclete, talco de bebê e morango.

— Deve funcionar.

Agora eu era um lobisomem amarelo e malcheiroso.

— Martha... você acha que a gente vai conseguir?

— Precisamos conseguir. Vamos logo.

— Tudo bem, mas precisamos mesmo voltar antes das sete ou a professora de teatro vai surtar.

— Sua professora é a menor de suas preocupações, Thomas Marks... Você poderá morrer de várias formas esta noite.

— Ah, que ótimo! Parece superdivertido! Estou tão feliz por você ter me mordido e começado isso tudo.

— Quem deixou Darcourt pegar o livro?

— Se você não tivesse me emprestado o livro, nada disso teria acontecido!

— Nada de perder tempo discutindo.

Nós nos transformamos em morcegos. Meu pelo estava amarelo, mas as asas continuavam pretas. Saímos voando pela janela e partimos para o céu escuro.

34.

Queimado

— Siga-me. Eu sei o caminho — disse Martha, enquanto voávamos rua abaixo.

— Eu também sei. Fui acampar em Oak Glenn uma vez, quando era escoteiro.

Ela me olhou, surpresa.

— Você, escoteiro? Por essa eu não esperava.

— Foi só por um final de semana. Os instrutores nos fizeram acordar no meio da noite e fazer uma trilha de madrugada. Tínhamos que cantar uma música ridícula. *Nós adoramos, adoramos, adoramos fazer trilha, trilha, trilha*. Eu desisti no dia seguinte. Aliás, como você sabe onde a alcateia vai se encontrar?

— Tenho um informante. Um espião, digamos assim, dentro do grupo.

— Como conseguiu convencer alguém a ser um espião?

— Certa vez eu salvei a vida de um lobisomem. É uma longa história que posso contar em outro momento. Portanto, ele me deve uma.

— E esse lobisomem não pode pegar o livro pra você?

— Não.

o o o

Nós seguimos em frente por mais ou menos uma hora antes de chegar à floresta. Voávamos baixo, logo acima da copa das árvores.

— Estou sentindo cheiro de fumaça — comentei. — Parece ser de um acampamento.

À distância dava para ver uma clareira na floresta. Havia uma pequena fogueira acesa em um buraco, cercada por pedras. Em volta do fogo, viam-se três lobisomens adultos. Eles eram como eu: tinham um corpo humano coberto de pelos. Um deles era de pelo branco com patas cinza; outro tinha uma listra preta no meio da cabeça marrom; e o terceiro possuía olhos dourados. Darcourt não estava entre eles.

Sussurrei para Martha:

— Eles estão em três.

— Fique tranquilo, eu sei contar.

— Não acha que vamos ter que lutar contra eles, né?

— Não pretendo lutar. Estamos aqui para pegar o livro na surdina. Use o cérebro, não os músculos. E lembre-se: eles têm os sentidos do olfato e da audição muito apurados. Precisamos parar em um galho bem no alto e ficar contra o vento.

Os lobisomens, parados diante da fogueira, mantinham os braços erguidos na direção das chamas. Todos eles seguravam uma vareta prateada, fina e comprida. Imaginei que estariam prestes a dar início a um antigo ritual de lobisomens. Voando, nós chegamos mais perto.

— Não deixe o marshmallow queimar!

— Eu gosto queimado! Fica mais gostoso!

— Não fica não! É melhor deixar tostadinho, mas não carbonizado!

— Não tente me ensinar!

— Eu faço isso desde antes de você ser um filhote! Sou especialista!

— Ah, é? Olha só, senhor especialista, seu marshmallow acabou de cair no fogo!

O lobisomem de patas cinza deu risada, e o de olhos dourados disse um dos palavrões preferidos de Tanner Gantt.

Eu não podia acreditar no que via. Aqueles lobisomens assustadores estavam assando marshmallows? Acho que recuperar o livro não seria tão difícil quanto eu imaginava. Pousamos no topo da árvore mais alta, tentando manter silêncio.

— Onde estão os biscoitos e o chocolate? — perguntou o de patas cinza.

— Achei que estavam com você — disse o de olhos dourados.

— Era sua vez de trazer! — afirmou o de patas cinza.

— Quer dizer que não temos biscoito nem chocolate? Assim vamos ter de comer marshmallows sem nada!

— Quietos! — exigiu o listrado. — Cadê Darcourt?

— Você acha que o livro está mesmo com ele? — perguntou o de olhos dourados.

— Espero que sim, senão vou assá-lo nesta fogueira! — garantiu o listrado.

— Isso! Darcourt no espeto, bem douradinho! — O de patas cinza enfiou um marshmallow na boca.

— Não! Vamos fazer pururuca dele! — O de olhos dourados franziu a testa.

— Eu prefiro uma carninha mais malpassada. — O de patas cinza balançou a cabeça.

Eu sussurrei para Martha:

— Lobisomens devoram lobisomens?

— Eles devoram *qualquer coisa*.

Lobisomens eram mais assustadores do que eu imaginava.

35.

Desaparecido

Notei três motocicletas estacionadas atrás de uma árvore. Elas eram parecidas com a moto de Darcourt. Por que ele ainda não chegou?

— Qual deles é o espião? — sussurrei para Martha.

— É mais seguro que você não saiba — ela respondeu, sussurrando também.

— Por quê?

— Para evitar que você seja capturado e torturado até revelar o que sabe.

— O quê?! Você não falou sobre a possibilidade de tortura!

— Pode acontecer...

O cheiro de marshmallow assado subiu até nós.

— Que cheirinho divino...

Martha me olhou, séria.

— Você acabou de se empanturrar no jantar.

— Mas eu não comi sobremesa.

— Não estamos aqui pela sobremesa!

— Você ouviu isso? — indagou o listrado lá embaixo.

— Não... O que foi? — respondeu o de olhos dourados.

— Parecia alguém sussurrando.

Antes de eles olharem para cima, ouvimos um barulho vindo de longe. Uma moto. Eu farejei o ar. Era o cheiro de Darcourt, e se aproximava. Em sua forma humana, ele encostou e estacionou perto das outras motos.

— Você tá atrasado, Darcourt! — reclamou o listrado, muito bravo.

Darcourt desceu da moto e sorriu.

— Isso são modos? Não vão nem me cumprimentar? "E aí, Darcourt, qual é? Bom te ver, rapaz! Tá bonitão como sempre, heim?"

— Todo mundo conseguiu ser pontual — disse o de patas cinza.

— Você estava sendo perseguido pelo E.M.V.Q.O.L.?

— O que é isso? — o listrado quis saber.

— O Esquadrão da Morte de Vampiros que Odeiam Lobisomens.

O de olhos dourados pareceu assustado.

— Isso existe?!

Darcourt deu um sorrisinho.

— Vai saber...

— Direto ao que interessa. — O de patas cinza o encarou, sério. — Cadê o livro?

— Aguenta aí. Está comigo. Sobrou marshmallow?

— Sim. — O de patas cinza olhou de cara feia para o de olhos dourados. — Isso porque *alguém* se esqueceu de trazer os biscoitos e o chocolate.

— Darcourt, você gosta de comer marshmallow queimado, preto e coberto de cinzas? — disse o de olhos dourados.

— Já chega dessa história de marshmallow! — interrompeu o listrado. — Queremos ver o livro.

Martha se aproximou de mim e sussurrou:

— Voe uns cinquenta metros para trás e se transforme em lobisomem. Ao avistar o livro, aproxime-se do grupo. Quando você conseguir distraí-los, eu desço e apanho o livro de volta.

— E depois, o que eu faço?

Ela revirou os olhos.

— O que acha de cantar uma musiquinha de acampamento? Seu tonto! Você se transforma em morcego e sai voando. Mas você precisa ver o livro antes de partir para a ação.

— Tá... mas e se der errado?

— Thomas, vou ter que te lembrar *novamente* que você tem a força de um vampiro e um lobisomem juntos, além de ser indestrutível como um zumbi?

— Ei, eu nunca lutei contra quatro lobisomens. Ninguém ensina isso na sexta série. Você já lutou?

— Não. Mas lobisomens não sabem voar. Siga o plano, que dará certo. Agora vá. E boa sorte.

Eu voei uns cinquenta metros para trás, aterrissei e me transformei em lobisomem outra vez. Aquilo tinha que dar certo.

36.
E aê?

Os lobisomens ainda discutiam.
— Mostre logo o livro! — exigiu o listrado.
Darcourt sorriu.
— Cara... relaxa.
— Acho que não está com ele — sugeriu o de patas cinza.
— Mostra de uma vez! — ordenou o listrado.
— Tá bom, tá bom — disse Darcourt. — Vocês não têm paciência.

Ele mexeu em um dos alforjes de couro da moto e tirou um pacote embrulhado em papel pardo, amarrado com um cordão.

— *Uma educação vampírica*. Este livro ensina todos os segredos deles. Poderemos derrotar os vampiros de uma vez por todas. E a Sociedade dos Transmorfos vai nos dar uma boa grana como recompensa.

— Você já leu? — o listrado quis saber.

De repente, Darcourt ergueu o focinho no ar e farejou.

— Tem alguém por perto!

Os lobisomens rosnaram e começaram a procurar. Darcourt farejou de novo.

— Estou sentindo cheiro de... chiclete... talco de bebê... e framboesa?

O de olhos dourados pareceu confuso.

— Por que um bebê mascaria chiclete e comeria framboesa no meio da floresta?

Eu sabia que Martha exagerara no perfume!

— Sinto cheiro de lobisomem. — Darcourt deixou o livro em cima do banco da moto.

— Quantos? — perguntou o listrado. — É uma alcateia? Alguém que a gente conheça?

— Será que são os Bolinhas? Os Ferrugens? Los Lobos? — O de olhos dourados tentou adivinhar.

Os lobisomens jogaram a cabeça para trás, erguendo o focinho e começaram a farejar.

— Calma aí. — Darcourt farejou de novo. — Também estou sentindo cheiro de... morcego.

Será que a direção do vento havia mudado? Será que ele estava sentindo o cheiro da Martha?

— Morcego normal? Ou vampiro? — disse o listrado.

Eu tinha de agir. Precisávamos recuperar o livro antes que eles percebessem nossa presença.

— Eaê? — eu cumprimentei, caminhando na direção dos lobisomens.

Todos eles se viraram para mim.

— Quem é você? — perguntou Darcourt.

Eu disfarcei a voz. Tentei falar igual a Dusty:

— Meu nome é... Sandrich.

— Chega mais.

Eu caminhei devagar, de cabeça baixa.

— Como você sabia que estávamos aqui? — Darcourt indagou.

— É... é... eu... eu estava por aí, andando sozinho, e senti cheiro de marshmallow.

— Nunca vi um lobisomem dessa cor. — O listrado me encarava. — Você é amarelo?

— Olha, parceiro, prefiro chamar de *dourado*.

— Eu conheço todos os lobisomens da região — afirmou Darcourt. — Nunca te vi antes. De onde você é, Sandrich?

— Do Texas — respondi.

— Nós já nos conhecemos? — Darcourt continuou perguntando.

— Não. Não que eu me lembre.

— Seu cheiro é bem diferente — comentou o listrado.

— Pois é. Muita gente me diz isso.

O que Martha estava esperando?! Os lobos estavam distraídos. Por que ela não descia logo para pegar o livro?

— Ahm, será que eu poderia entrar para a alcateia de vocês?

— Que ótima ideia... — Darcourt mexeu no outro alforje da moto, e de lá tirou uma caixa de madeira do tamanho de uma torradeira, com vários furinhos redondos: será que era algo para a iniciação dos lobisomens? Ele deu aquele sorriso sinistro. — Adoraríamos que você entrasse para nosso grupo... Thomas Marks!

37.

Revelação

— **É** o vambizomem! — o listrado gritou. *Finalmente*, Martha desceu!

Ela passou voando por trás de Darcourt em direção à moto para pegar o livro embrulhado e o agarrou pelo cordão. Olhei para Martha por um segundo, mas não deveria ter feito isso. Darcourt percebeu e se virou, a tempo de vê-la apanhar o livro e voar para longe.

— Thomas! Transforme-se e voe! — ela gritou.

Darcourt deu um salto no ar. Eu não acreditei quando vi a altura do salto dele. Ele agarrou o livro e voltou ao chão, mas Martha segurava firme e não soltava o cordão.

Ela segurava com toda a força e tentou sair voando, mas Darcourt também segurava firme.

— Thomas! Socorro!

Enquanto eu me aproximava de Darcourt, ele colocou a mão no bolso e tirou uma garrafinha prateada. Ele tirou a tampa, e um suco de alho começou a jorrar de lá de dentro, espirrando em Martha. Ela caiu no chão e não conseguia mais se mexer.

— Thomas — Martha falou com dificuldade — Salve-se... fuja.

Eu me transformei em morcego e comecei a voar para fugir.

Mas não podia deixar Martha lá sozinha de novo. Assim, me virei e voltei.

— Thomas, não seja tolo! — ela disse.

Darcourt jogou o suco de alho em mim, e eu caí ao lado de Martha. A sensação era como se eu tivesse sido acertado com um taco de beisebol. Eu tentei me transformar em fumaça ou em lobisomem, mas não fui capaz. Nós não conseguíamos acessar nossos poderes. Estávamos perdidos.

Os outros lobisomens se reuniram em torno de nós e olharam para baixo.

— Então isso aí é um vambizomem — disse o de patas cinza.

— Para mim, não parece. — O de olhos dourados chacoalhou a cabeça.

Darcourt se agachou e pegou o frasco.

— Não gostaram do meu spray de alho? É para espantar mosquitos, mas também funciona com vampiros. Um lobisomem esperto sempre anda com um destes. Olha, agora preciso colocar vocês dois em um lugar seguro.

Darcourt nos ergueu do chão, colocou-nos dentro da caixa de madeira e fechou a tampa. Eu espiei por um dos buraquinhos na caixa e o vi tirar um pote de plástico de um dos alforjes. Darcourt abriu o pote e retirou dele a maior cabeça de alho que eu já tinha visto na vida. Era do tamanho de uma bola de tênis.

— Alho-elefante — ele disse, sorrindo. — Grande e potente.

Darcourt pôs a caixa em cima de uma pedra e colocou com cuidado a cabeça de alho em cima da tampa.

— O que você vai fazer com esses dois? — listrado quis saber.

— Daqui eles não saem — afirmou Darcourt. — Vamos levar o livro à Sociedade dos Transmorfos. Depois, voltamos e damos um jeito neles.

— Por que não levamos o vambizomem para lá também? — perguntou o de olhos dourados.

— Um tesouro de cada vez. — Darcourt sorriu de canto de boca. — Tenho um plano melhor para ele.

E foi então que ouvimos o barulho.

38.

Algazarra

Parecia o ruído de passos vagando pela floresta. Pelos buracos da caixa, vi que os lobisomens eriçaram as orelhas.

— O que é isso? — indagou listrado.

Darcourt espiou por trás das árvores. Eu ouvi o barulho de vozes de crianças cantando:

— *Nós gostamos, gostamos, gostamos de trilha, trilha, trilha.*

— É um grupo grande de crianças vestidas de uniformes, com dois adultos. — Darcourt se virou para os demais. — Temos que cair fora!

Eu amo vocês, escoteiros.

Darcourt se virou para o de patas cinza e disse:

— Deixe a caixa dentro daquela árvore. A trilha não chega até aqui, mas não podemos correr o risco de as crianças verem aqueles dois. Apaguem a fogueira.

O de patas cinza colocou a caixa de tortura, com o alho em cima e nós dois dentro, na cavidade oca de uma árvore. O de olhos dourados derramou água no fogo e saiu.

— Cada um seguirá por um caminho diferente, para o caso de Martha ter falado sobre nós para os outros vampiros — Darcourt instruiu os outros.

Os lobisomens subiram nas motos e saíram a toda a velocidade na calada da noite. As vozes dos escoteiros foram ficando mais fracas conforme eles se afastavam de nós.

○ ○ ○

Imagine a pior gripe que você já teve, e agora multiplique por cem. É essa a sensação de estar perto de um alho-elefante.

— O alho... vai acabar com a gente? — perguntei pra Martha, já sem forças.

— Não... mas nos deixa incapacitados... enquanto estiver por perto.

— Então vamos ficar aqui... assim... pra sempre?

Ela fez que sim.

— A menos que sejamos resgatados...

Comecei a pensar em como seria a peça da escola. Quem faria meu papel? Será que pediriam para Jared voltar?

— Tem outro problema — Martha disse.

— Qual?

— Nós vamos acabar precisando de sangue... Se não nos alimentarmos... Vamos definhar... e *sucumbir*.

Eu deveria ler mais livros, como Annie. Pelo menos eu saberia o que *sucumbir* significa. Não parecia uma palavra muito legal.

— O que significa... *sucumbir*?

— Significa... morrer.

Então ouvimos algo se aproximando. Mas não eram os escoteiros.

Era um gambá.

39.

Borrifados

Certa ocasião, quando estávamos acampando, Muffin, meu cachorro, foi atingido pelo borrifo de um gambá. Tivemos que dar cinco banhos nele para conseguir tirar aquele baita fedor.

— Eu... odeio... gambás — eu disse.

— Talvez... você goste deste.

— Por quê, Martha?

— Observe...

O gambá veio em nossa direção, parou a uns dez metros de distância e começou a farejar. Meu estômago revirou, com um pressentimento ruim.

— Gambás comem morcegos? — perguntei.

— Gambás são onívoros... Eles preferem presas pequenas e insetos... besouros, grilos, ratos, camundongos, toupeiras...

— E morcegos?

— Você pode me deixar terminar?

— Desculpe.

— Se eles estiverem com muita fome... eles comem *plantas*.

— Alho é uma planta?

— Sim, seu bobo... Se ele comer este alho, estaremos salvos.

— Coma logo!

— Shhhh! Assim você vai assustá-lo!

O gambá veio até a caixa e farejou a cabeça de alho.

Eu sussurrei:

— Pegue o alho... leve para a sua família... e coma...

— Gambás falam nossa língua, Thomas?

— Ééé... não.

— Então, fica quieto.

O gambá pegou o alho com as garras e colocou o talo na boca. Estávamos salvos.

— Isso! — eu gritei, o que foi um grande erro: o gambá se assustou e soltou um jato em nós.

ECA!

PIOR CHEIRO DO MUNDO! Multiplicado mil vezes por causa do meu olfato de lobisomem.

Mas assim que o gambá saiu com a cabeça de alho, começamos a nos sentir melhor e conseguimos escapar da caixa.

Martha disse:

— Precisamos encontrar Darcourt... e pegar o livro!

Eu estava torcendo para que ela tivesse desistido dessa história de livro, para que eu pudesse voltar à escola e participar da peça. Acho que ela percebeu que era isso que eu queria.

— Você não está pensando em me abandonar *de novo*, não é, Thomas Marks?

— Eu? De jeito nenhum.

40.

Fedor

Farejei o cheiro de Darcourt, e voamos seguindo a estrada por cerca de quinze minutos, até avistar a moto dele.

Martha se aproximou de mim durante o voo.

— Veja se você consegue pegar o livro sem que Darcourt perceba.

— O quê? *Agora*?

— Não podemos esperar até ele chegar à Sociedade dos Transmorfos, Thomas. Estamos em dois, portanto, em desvantagem. E tenho certeza de que ele tem um alho na manga.

— Como vou me aproximar dele em uma moto em movimento? É impossível!

— Pense bem. A moto é barulhenta. Darcourt está dirigindo, concentrado na estrada. E ele acha que estamos presos na caixa na floresta.

— Mas o cara vai sentir meu cheiro. O perfume *ou* meu cheiro verdadeiro. Darcourt saberá que sou eu.

— Pense *melhor*: nós dois estamos com fedor de gambá. O cheiro é poderoso. Se tivermos sorte, Darcourt achará que está passando por um gambá atropelado na estrada.

— Não sei…

— Nós temos que tentar!

Voei até a traseira da moto de Darcourt, torcendo para que ele não sentisse meu cheiro. Prendi a respiração e pousei em cima do alforje. Fazia um barulhão perto do motor.

Darcourt farejou o ar.

— Eca! Que fedor de gambá atropelado!

Eu subi com cuidado na bolsa de couro. Usando a boca, soltei a alça. Não foi nada fácil. Tente soltar um cinto com os dentes algum dia. Eu entrei no alforje e, usando minhas garras, peguei o livro pelo cordão. Então, saí da bolsa e subi voando. Ao me virar para olhar para trás, vi que Darcourt continuava dirigindo pela estrada. Ele não notara.

— Muito bem, Thomas! — Martha me cumprimentou. — Ele vai achar que o alforje abriu e o livro caiu lá de dentro.

— E agora?

— Acho que você tem uma peça para apresentar. Vou tomar as providências com o livro quando chegarmos a sua escola. Primeiro, temos de nos livrar deste cheiro de gambá.

Encontramos um rio próximo dali na floresta e colocamos o livro em um local seguro, em cima de uma pedra. Eu e Martha mergulhamos no rio para tirar o cheiro de gambá e depois nos sacudimos para nos secar.

Parecia que estava tudo dando certo. Mas a noite ainda não acabara. Às vezes, parece que resolvemos um problema e logo outro surge para ser resolvido. Naquela noite, haveria mais de um problema pela frente.

41.

Um visitante nos bastidores

Pousamos no escuro, atrás do auditório. Já eram sete e meia. Meia hora de atraso. A professora Lubick não estaria nada feliz.

— De morcego a humano, humano serei!

Nós dois nos transformamos em humanos. Quer dizer, a Martha em humana, e eu, em lobisomem.

— Preciso ir me preparar para a peça, Martha.

— Estou em dívida por você ter me ajudado a recuperar o livro. Não esquecerei disso. E por você ter voltado para me ajudar. Foi uma tolice, mas um gesto nobre e corajoso.

Ela me abraçou. Foi um abraço de três segundos. Eu tinha começado a contar a duração dos abraços, não sei por quê. Quando o abraço terminou, ela colocou as mãos em meus ombros.

— Obrigada, Tom.

Acho que era a primeira vez que ela me chamava de Tom.

Também foi a primeira vez que ela me beijou. Os lábios dela eram gelados, mas isso não me incomodou. Então, eu beijara quatro garotas em uma semana. Aposto que isso era um recorde para um garoto na minha idade. Com certeza um recorde para este vambizomem aqui.

A Martha disse:

— Preciso ir embora e deixar o livro em um local seguro.

— Poxa... você não vai ficar para assistir à peça?

— Você quer que eu fique?

— Bom, é... quer dizer, não é obrigatório.

Ela sorriu.

— Eu gosto de teatro. E Darcourt não vai notar que o livro sumiu por um bom tempo. E ele certamente não viria aqui procurar.

— Thomas Marks, por onde você andou?! — Era a professora Lubick vindo em nossa direção.

A Martha se escondeu na sombra. A professora segurava um machado enorme com uma lâmina brilhante.

Parecia que ela queria cortar minha cabeça, mas por sorte era só um adereço para a peça.

— Você deveria ter chegado às sete em ponto! O que aconteceu?

— Desculpe, professora... Eu... eu... eu tive que enfrentar uma gangue que cruzou meu caminho. — Era uma meia-verdade.

— Uma gangue?!

— É, quatro caras, mas eu consegui escapar e...

Ela olhou para mim mais de perto.

— O que você fez com seu pelo?

Eu tinha me esquecido desse detalhe.

— Ahm... pois é... eu pintei. Foi por isso que me atrasei. Eu achei que Sandrich seria um monstro loiro.

— Acho que você quer dizer amarelo. Bom, vai ter que ser assim mesmo. Eu trouxe um estoque emergencial de comida, para o caso de você ficar com fome. Agora, coloque seu figurino e comece a aquecer a voz! — E Lubick voltou correndo para o auditório.

Martha voltou para a área iluminada.

— Boa sorte, Thomas.

o o o

Passei por Zeke no camarim. Ele estava usando o figurino prateado e vermelho de robô, empunhando a espada *laser*.

— Tonzão, eu sabia que você chegaria. Falei pra todo mundo: "Nada de preocupação, nosso amigo Tom vai chegar."

— Valeu, Zeke. Depois eu conto o que aconteceu. Preciso me arrumar!

— Seu pelo tá maneiro! — E ele saiu correndo. Provavelmente, Zeke era a única pessoa que gostara.

Não havia ninguém no camarim, pois o elenco já estava pronto. Quando comecei a me vestir, ouvi uma voz atrás de mim:

— Você é o garoto que vai fazer o papel do monstro?

Eu me virei. Era um cara alto, com cabelo escuro e músculos bem definidos em todas as partes do corpo. Ele teve que se abaixar para passar pela porta. Só podia ser um jogador de futebol americano do ensino médio ou um super-herói de quem eu nunca ouvira falar.

— Sim, eu mesmo — eu disse, calçando uma bota.
— Gostei da maquiagem — ele comentou.

— Na verdade, eu tô sem maquiagem. É assim que eu fico na lua cheia. — Calcei a outra bota. — Preciso me arrumar, a peça já vai começar.
— Eu sou Bernardo, namorado da Bella.
Meu estômago revirou.
— Ah.... acho que ela tá no palco ou no camarim das garotas, que fica aqui ao lado.
— Eu não quero ver Bella. Quero falar com você.
— Por quê?

— Só queria dizer que, se beijar minha namorada, acabo com você.

Por que todo mundo se importava tanto com um beijinho?

— É só um beijo de mentirinha! É uma encenação! — Ele não pareceu acreditar em mim. — Pra ser sincero, eu nem gosto de beijar a Bella.

— Por que não?! Qual é o problema?

— Nenhum! Quer dizer, não é que seja ruim beijar a Bella. É legal, mas não é tão legal assim! — Eu precisava fechar minha boca.

— Se você encostar nela, eu acabo com você.

Será que ele sabia como era difícil acabar com um vambizomem?

Eu queria contar que já havia beijado Bella seis vezes durante os ensaios, mas achei que ele poderia surtar.

— Aceite meu conselho. Nada de beijo. — E Bernardo saiu andando.

Eu odeio teatro.

42.
Um visitante-surpresa

— Ei, você aí, ator! — O Garoto Cenoura estava parado na porta, com uma mochila nas costas.

— Ah, oi... eu preciso me arrumar. — Vesti a jaqueta. — A peça começa em cinco minutos!

— Eu sei. Só queria que você visse quem eu trouxe para assistir ao espetáculo.

Um cara colocou a cabeça no cantinho da porta. Ele usava um casaco escuro e luvas, um chapéu cobrindo o rosto, óculos escuros e uma barba volumosa e comprida.

— Eu não perderia isso por nada. — O cara tirou os óculos de sol e puxou a barba para baixo, mostrando que era falsa.

Não pude acreditar.

— Dusty! O que... Como você...

— Eu liguei para o Lucas para ver se ele podia me buscar, e ele gentilmente disse "Certeza, cara!". Então, aqui estou.

O Garoto Cenoura abriu a mochila.

— Aqui tá cheio de salsicha, nuggets e salgadinhos de carne, então fome não será um problema.

— E Lucas trouxe este disfarce aqui, então ninguém vai se assustar ao ver um zumbi no teatro — Dusty garantiu.

— Obrigado, Lucas. — Nossa, como era estranho chamá-lo de Lucas.

— É melhor subir ao palco, Tom. — Dusty sorriu. — Você tem um espetáculo para apresentar. Arrase!

43.

A peça que não acaba mais

A o subir ao palco, do outro lado da cortina, eu podia ouvir o público tomando os assentos e conversando. Espiei por uma fresta na cortina e vi Bernardo sentado na primeira fileira, perto da minha mãe, do meu pai e da Emma. O Garoto Cenoura se sentara ao lado de Dusty, no corredor. Lá no fundo, vi Martha Livingston lendo a programação.

— Que bom que você conseguiu vir — disse Annie, aproximando-se de mim. — Por que está amarelo?

— Fiquei tão preocupada com você... — Capri exalou um suspiro.

Abel me examinou.

— Você se parece com o *Canis lupaster*, um canídeo conhecido por sua pelagem dourada.

— Você parece um pássaro gigante. — Salsicha sorriu largo.

Ao ver Tanner, percebi que ele queria falar alguma coisa, mas não falou.

A professora Lubick chamou o elenco para formar um círculo e entrou no meio para se dirigir a todos nós:

— Estou muito orgulhosa de todos vocês. Eu sei que não foi fácil chegar até aqui. Lembrem-se: é um espetáculo ao vivo, então podem ocorrer imprevistos. Se algo der errado, façam o possível para consertar e não parem. Não queremos que Dionísio, o deus do teatro, desça do Monte Olimpo e venha nos amaldiçoar, não é? Hora do show!

Nós nos posicionamos para a primeira cena. Bella veio até mim. Em seu figurino de princesa, ela estava linda demais.

— Tom, preciso te contar uma coisa. — A voz dela estava diferente, mais baixa.

— O que foi?

— Você sabe como me sinto em relação a você, não sabe?

— Ahm... sei.

Ela havia sido legal comigo a semana toda, mas eu não sabia o que aquilo queria dizer.

— Tom. Acho que eu...

Será que Bella se apaixonara por mim? Uma garota da oitava série apaixonada por um garoto da sexta? E ainda por cima um vambizomem? Será que aquele namorado doido e gigante dela sabia disso?

— ...estou ficando resfriada.

— Ah...

Acho que ela não estava apaixonada por mim.

— Não quero te passar resfriado. Então, você não precisa me beijar. A menos que queira. Ou podemos fazer um beijo falso. Sabe, cobrindo a boca com a mão e fingindo que estamos nos beijando. Você que sabe.

Em poucos segundos, fiz duas listas em minha cabeça.

SE EU BEIJAR BELLA
- Posso ficar resfriado.
- A professora Lubick vai ficar feliz.
- Bernardo vai surtar.

SE EU NÃO BEIJAR BELLA
- Não vou ficar resfriado.
- A professora Lubick vai surtar.
- Bernardo não vai surtar.
- O tal Dionísio descerá do Monte Olimpo e me amaldiçoará.

— Tá bom, Bella, posso decidir depois?
Ela fez que sim e espirrou.
— As cortinas vão subir em dez segundos! — informou a professora.
Zeke me fez um joinha. Annie me cumprimentou com um soquinho e me desejou um bom espetáculo. Capri me abraçou. O abraço durou quatro segundos.

o o o

A peça começou. O público ria nas partes engraçadas e ficava em silêncio nas partes sérias. Depois de cada música, ouvíamos aplausos. Eu sabia que isso aconteceria, porque todos da plateia conheciam alguém que estava no palco. Capri ficava tentando ir para a frente do palco nas cenas dos aldeões. Zeke acabou derrubando a espada *laser*.

Bella cantou a primeira música, *Não me chame de princesa, esse não é meu nome*, e foi muito melhor do que quando Carolyn cantava, mesmo com o nariz entupido.

Eu cantei minha primeira música, *Não é fácil ser monstro*. Errei um verso, mas acho que ninguém percebeu.

Annie, interpretando a ladra Tara, cantou a canção *Roubar para viver*, e o público foi à loucura. Aposto que no próximo ano ela vai ficar com o papel principal.

Estava divertido participar da peça, eu não queria que acabasse. Mas então, de repente, chegou o momento da última cena. Eu ainda não tinha decidido se beijaria Bella ou não.

— Sandrich... eu quero um beijo seu — ela disse.

Bella colocou a mão em minhas bochechas para o beijo falso. Eu não fiz nada. Por cima do ombro de Bella, vi Zeke fora do palco. Vi na expressão dele que ele achava que eu tinha esquecido o que deveria fazer. Ele fez um beicinho e apontou para a própria boca.

Eu meio que esperava que Emma gritasse da plateia "estou empatolada por você!". Aposto que ela queria fazer isso. Aposto que o papai estava olhando feio para ela. Bernardo devia estar se preparando para pular no palco e me trucidar.

Eu sussurrei para Bella:

— Não me importo de pegar um resfriado.

Eu tirei as mãos dela de meu rosto. Bella sorriu. Eu me aproximei. Nossos lábios estavam a uma distância de dois centímetros. E foi então que eu vi Martha Livingston descendo o corredor em direção ao palco. A plateia estava escura, mas eu consegui vê-la com minha visão noturna. O que ela pretendia?! Martha apontou para trás. Eu não acreditei no que vi. Alguém caminhando lentamente pelo corredor.

Era Darcourt.

44.
Os outros visitantes-surpresa

Não sei como, mas Darcourt tinha descoberto que estávamos com o livro e veio atrás de nós.

Como ele nos encontrou? Por nosso cheiro? Intuição? Não importava. Darcourt estava quase alcançando Martha e estendeu a mão para agarrá-la. Ela, então, jogou o livro para mim no palco, e nisso alguém esticou a perna no corredor para fazer Darcourt tropeçar. Ele caiu de cara no chão, e Martha aproveitou para subir as escadas laterais que levavam ao palco.

Darcourt se levantou e parecia muito nervoso. Ouvi Dusty sussurrar:

— Perdão, parceiro. Estava esticando a perna.

Darcourt saiu correndo pela porta lateral. Para onde ele ia?

Enquanto isso, no palco, Bella me olhava com aquela cara de "o que você está fazendo?".

Eu disse:

— Antes de beijá-la, princesa Felice... há algo que preciso fazer.

Martha estava nos bastidores, fora do palco. Vi a professora Lubick surtando ao lado dela. Martha olhou bem nos olhos dela e começou a hipnotizá-la. A professora concordou com a cabeça, bem devagar. Martha sabe hipnotizar muito rápido. Não é para menos, ela faz isso há mais de duzentos anos.

— Uau... olhe para isso! — Eu segurei o livro. — Um livro surgiu de repente. O que será?

Bella me encarou esquisito de novo.

A professora Lubick, que estava com os olhos semicerrados, sussurrou para Bella de trás do palco:

— Esqueci de te contar sobre essa cena... Acompanhe Tom.

Eu ergui o livro.

— Este é... ahm... o livro de feitiços que estava desaparecido havia muito tempo... Aqui está a cura para minha maldição! Assim, poderei voltar a ser príncipe!

O resto do elenco e da equipe técnica já estava reunido nos bastidores, assistindo e tentando entender o que estava rolando.

Então, ouvi um rangido lá no alto. Ao olhar para cima, vi Darcourt na passarela de madeira acima do palco. E não mais na forma humana. Ele tinha se transformado completamente em lobo. O que ele pretendia fazer? E, mais importante, o que eu poderia fazer?

Vi Zeke fora do palco e tive uma ideia.

— Mandem o Robô Número 3 aqui! — eu gritei. — Preciso falar com ele!

Zeke correu para o palco e ajoelhou a minha frente, curvando-se.

— Aqui estou, senhor! O que deseja?

Eu me curvei e sussurrei:

— Diga a Salsicha para ligar o estroboscópio. — Em seguida, fiquei ereto de novo e disse em voz alta: — Só quero agradecer por você proteger minha princesa.

— É uma honra servir à princesa! É meu dever sagrado! É...

— Vá!

Zeke foi correndo até Salsicha, que ligou o estroboscópio. A luz começou a piscar e deixou tudo em preto e branco. Torci para que aquilo fosse o suficiente para ocultar o que aconteceria em seguida.

Darcourt pulou no palco e pousou em quatro patas a minha frente. O público foi novamente à loucura e eu conseguia ouvir tudo o que se dizia:

— Quantas crianças há dentro daquela fantasia?

— Não é uma fantasia, é um cachorro!

— Para mim, parece mais um lobo!

— Eles não colocariam um lobo no palco!

— Silêncio! Estou tentando assistir à peça!

— Oh, não! — eu disse. — É o Cão Diabólico do Planeta Darcourt! Não podemos deixá-lo pegar o livro mágico! Princesa Felice, corra, esconda-se!

Bella saiu correndo do palco.

Eu e Darcourt começamos a nos encarar, andando em círculos.

— Se você me entregar o livro, isto aqui acaba sem ninguém ferido.

— De jeito nenhum — afirmei.

— Então, teremos que lutar.

— Manda ver.

Ele pulou em cima de mim, e nós dois caímos no chão. Deve ter parecido uma cena de dois cachorros brigando de brincadeira. Mas não estávamos brincando. O público adorou. Eles na certa imaginaram que tínhamos um cachorro muito bem treinado.

Eu queria lançar o livro para Martha, que estava fora do palco, para que ela pudesse se transformar e sair voando. Mas Darcourt segurou o livro com as presas, arrancando-o de minha mão. Ele começou a correr para sair do palco. Eu corri atrás dele e pulei em suas costas. Eu o derrubei e, com as mãos, consegui abrir sua bocarra. Apanhei o livro e saí correndo na direção oposta do palco. O público comemorou.

O livro, que estava nojento e cheio de baba, acabou caindo de minha mão e foi parar no meio do palco. Zeke entrou e se apressou para pegá-lo enquanto eu e Darcourt corríamos para tentar alcançá-lo.

Zeke pegou o livro e gritou:

— Peguei, Tonzão! Quer dizer, Sandrich!

Darcourt baixou a cabeça e atacou Zeke: ergueu Zeke no ar com o focinho, e meu amigo saiu voando. A espada *laser* acertou um dos refletores, que caiu. Parecia ser aquele refletor que Salsicha pendurara de qualquer jeito.

O refletor caiu perto de Zeke e do livro. Eu precisava resgatar Zeke antes de qualquer coisa. Darcourt correu, mas antes de conseguir chegar, o refletor desabou bem em cima do livro. Começaram a sair faíscas, e o livro pegou fogo. Em segundos, tudo o que restava era fumaça.

Quando a fumaça baixou, o livro tinha se transformado em uma pilha de cinzas. Martha ia acabar comigo. Darcourt olhou para o livro. Ele uivou e correu para fora do palco, saindo pela porta lateral.

O público aplaudiu e comemorou.

Eu decidi que era hora de encerrar a peça. Olhei na direção de Bella, que estava na lateral do palco, e lhe estendi a mão.

— Volte, princesa Felice! Já estamos seguros. Eu garanto.

Desconfiada, Bella voltou para o palco. Eu segurei sua mão.

— Pobre de mim! O livro de feitiços foi destruído. Assim, eu serei um monstro para sempre. — E sussurrei para ela: — Diga "eu não me importo".

Ela repetiu o que eu disse.

E então, eu a beijei. Um beijo de verdade.

Fiz um sinal para Tanner, que estava nos bastidores, e ele desceu a cortina.

— Reverências! — comandou a professora Lubick.

O elenco, sem entender nada, correu até o palco para fazer as reverências finais ao público. A cortina subiu, e o público ficou de pé e começou a aplaudir, celebrar e assoviar.

O Garoto Cenoura gritou:

— Tragam o cachorro!

Todos olharam em volta, mas é claro que "o cachorro" não voltou para saudar o público. Bella fez uma reverência sozinha, e eu também. Então, fizemos uma reverência juntos, e ela me beijou... *de novo*. Olhei para Bernardo na fileira da frente. Ele não parecia muito feliz. Mas decidi que ele seria uma preocupação para outra hora.

Quando a cortina tornou a descer, a professora Lubick veio nos encontrar no palco.

— Que espetáculo fabuloso! — ela nos cumprimentou.

— Espero que tenham gostado da minha surpresa.

Martha Livingston era definitivamente a melhor hipnotizadora do mundo. Olhei ao redor para tentar encontrá-la, e a avistei escapando pela porta lateral.

45.
Perguntas e respostas

Eu precisava me afastar para evitar que as pessoas me bombardeassem com um milhão de perguntas sobre o que tinha acabado de acontecer. Usei a desculpa que sempre funciona: "Preciso ir ao banheiro" e saí do teatro para procurar Martha. Será que ela chamaria o Esquadrão da Morte vampiresco por eu ter destruído o livro?

Eu a encontrei sentada no escuro, em um banco atrás do auditório.

— Martha... sinto muito pelo livro.

Ela soltou um longo suspiro.

— Pois é... mas é melhor que o livro tenha sido destruído do que estar nas mãos de Darcourt.

Por essa eu não esperava.

— Sério?

— Ainda existem outras cópias. E como Lovick Zabrecky, que me deu livro, está desaparecido há muito tempo, não preciso me preocupar com sua ira. — Ela sorriu. — E sabe de uma coisa? É um alívio não ter que me preocupar mais com isso.

Agora que eu sabia que ela não queria acabar comigo, me sentei a seu lado.

— Martha, quando Darcourt chegou aqui?

— Na cena final. Senti a presença dele atrás de mim.

Eu sabia que ele não me atacaria no teatro, por isso decidi entregar o livro para você. Eu não imaginava que ele subiria ao palco. Mas rendeu um final emocionante para a peça, não é?

— Pois é. Mas eu preferiria que tivesse um final normal e tranquilo.

— A Sociedade dos Transmorfos não ficará nada feliz com Darcourt, e eles são um grupo que é melhor não desagradar. Acho que não o veremos por um bom tempo.

— Que bom!

— Tom, tenho uma pergunta para te fazer.

Martha segurou minha mão. A mão dela era gelada, mas muito macia. Ela me olhou com aqueles olhos verdes.

— Aquilo foi insano! — disse Annie, que vinha em nossa direção junto com Capri. — De quem era aquele cachorro?

Eu soltei a mão de Martha e tentei pensar em alguma coisa.

— Ééé...

— Era meu — Martha afirmou. — Sou amiga da professora Lubick. Ela pediu meu cachorro emprestado para fazer uma surpresa final no espetáculo.

— Sério? — Annie parecia não acreditar.

— Ei, você é a garota que conhecemos no Halloween. — Capri sorriu. — Aquela que fala esquisito.

— Boa noite, Capri — Martha a cumprimentou. — Sua atuação foi... inesquecível.

— Por que você ainda está vestida de vampira? — Annie quis saber.

— É, o Halloween foi há quatro meses. — Capri franziu a testa.

— Vou a uma festa à fantasia daqui a pouco — Martha respondeu.

— Achei que você estivesse se mudando para Nova Orleans.

— Sua memória é excelente, Annie. Assim como sua atuação. — Martha sorriu, mas não tanto, para não mostrar as presas. — Thomas também foi excepcional, vocês não acham?

— Foi. — Capri olhou para mim. — Por que Bella te beijou duas vezes?

Dei de ombros. Realmente, essa era a melhor resposta para quase todas as questões.

Annie então explicou:

— A professora Lubick disse que precisamos devolver os figurinos, porque querem fechar o auditório. A gente se vê na festa do elenco?

Eu tinha me esquecido da festa.

— Sim. Claro.

Capri estava com uma cara bem séria.

— Você vai à festa, Martha?

— Não. Infelizmente, preciso partir. — E ela se levantou.

— Que pena... — Capri abriu um sorrisão.

Ela e Annie se afastaram, cochichando. Eu poderia ouvir o que elas diziam, mas tinha uma pergunta importante para fazer à Martha:

— Para onde você vai?

— Aquilo foi incrível, Tom! — O Garoto Cenoura se aproximava de nós junto com Dusty.

— É isso que eu chamo de um baita de um espetáculo — Dusty elogiou. — Fez-me lembrar de meus dias gloriosos de rodeio.

— Você deve ser Dusty — disse Martha.

— E você deve ser Martha Livingston.

O Garoto Cenoura se aproximou.

— E eu devo ser Lucas!

Martha sorriu e olhou fixamente para o Garoto Cenoura.

— Olá, Lucas... Por que você não se senta àquela mesa ali por um instante? — Ela o hipnotizou mais rápido do que hipnotizara Zeke na festa de Halloween.

— Eu... vou... para... lá. — E o Garoto Cenoura foi se afastando.

— Faço muito gosto em conhecer a senhorita. — Dusty esboçou um sorriso. — Tom fala muito bem de você.

— Ah, não me diga...

— Eu vi que você fez Darcourt tropeçar, Dusty. Como sabia que era ele?

— Eu notei a senhorita Martha sentada nos fundos do teatro. Logo entendi quem ela era. E então, quando vi aquele sujeito alto vindo pelo corredor atrás dela, imaginei que seria Darcourt. Aí, achei melhor tomar uma atitude. Zumbis não podem fazer muita coisa, mas pelo menos eu podia atrasá-lo um pouco.

— E não é que você conseguiu? — Para minha total surpresa... era Darcourt, que, em sua forma humana, vinha em nossa direção.

Eu e Martha ficamos tensos.

— Relaxem. — Ele sorriu. — Eu venho em paz. Não temos mais motivos para brigar. O livro virou churrasco. Ou melhor, virou carvão.

— Melhor virar carvão do que parar em suas mãos.

— Sempre habilidosa com as palavras, não é, Martha? — Ele se virou para Dusty e estendeu a mão. — Prazer: Darcourt.

— Eu sou Dusty. E prefiro não apertar as mãos de quem maltrata meus amigos.

Darcourt farejou.

— Estou sentindo cheiro de... zumbi.

— E eu estou sentindo cheiro de um verme sujo e desprezível — Dusty rebateu.

Olhei para Martha, para Dusty e para Darcourt. Pela primeira vez, eu estava com as três pessoas que me transformaram no que eu sou hoje... um vambizomem.

— Olha, tem uma coisa que eu preciso saber. — Darcourt suspirou. — Como vocês dois escaparam da caixa?

— Um gambá se aproximou e comeu o alho — eu disse.

— Ah! Foi por isso que senti cheiro de gambá enquanto eu dirigia! Era você pegando o livro. Mandou bem, Tom.

— Por que ainda está aqui, Darcourt? — Martha perguntou. — Acredito que deveria estar fugindo com urgência. A Sociedade dos Transmorfos virá no seu encalço.

Ele olhou para trás e tornou a nos encarar.

— Agradeço a preocupação, Martha. Só mais uma coisa que quero perguntar: como você sabia *onde* e *quando* minha alcateia se encontraria? Quem é o informante? O lobisomem de patas cinza? O de olhos dourados? O listrado?

Martha ficou encarando Darcourt.

— Não tenho ideia do que você está falando.

— Luluzinho, o que você tá fazendo aqui fora? — Emma saiu do auditório e parecia zangada com o Garoto Cenoura, que continuava sentado à mesa, olhando para o nada.

Martha estalou os dedos. Ele piscou e se levantou.

— Estava esperando por você, minha Emminha.

Emma veio até nós.

— Não é incrível que Dusty tenha vindo? Foi ideia minha.

— Foi ideia do Dusty — disse o Garoto Cenoura.

Emma fingiu não ter ouvido.

— Você foi muito bem, Tom, mas devia ter me deixado ensinar alguns segredos de palco... Ai, nossa! Darcourt! Não acredito! Sou eu, Emma! Você se lembra de mim? Nós nos conhecemos na feira de quadrinhos!

— Como eu poderia me esquecer de você? — Darcourt fez um cumprimento com a cabeça.

— E eu sou Lucas, tá lembrado? O *namorado* dela.

— Você é um cara de sorte — disse Darcourt. — Bom, preciso seguir em frente. Martha, é sempre um prazer vê-la. Dusty, prazer em conhecê-lo. Tom, nossos caminhos certamente vão se cruzar novamente.

— Já vai embora? — Emma falou como se tivesse acabado de ouvir que ficaria sem fazer compras por um ano.

— Sim, estou saindo de férias. Rumo a lugares desconhecidos. Até mais!

Ele saiu andando para pegar a moto no estacionamento.

— Eu sou Martha Livingston. Você deve ser Emma, não?

Emma se virou para Martha.

— Sou... Uau, que vestido fofo! Peraí... Martha Livingston? Foi você que escreveu aquele bilhete para Tom. Você é uma das namoradas dele.

— Emma! — ralhei.

— Somos amigos. — Martha deu de ombros. — Eu gosto do seu irmão. Mas ninguém se declarou até o momento.

Eu queria me transformar em fumaça e sumir.

Dusty se virou para o Garoto Cenoura.

— Lucas, temos um longo caminho até o Nirvana Zumbi. É melhor pegar a estrada.

— Obrigado por ter vindo, Dusty. Fiquei muito feliz.

— Eu não perderia essa peça por nada neste mundo, Tom. Emma, senhorita Martha, foi um prazer. — Ele tirou o chapéu.

Martha o saudou com uma reverência.

— Até amanhã, lindinha — o Garoto Cenoura se despediu de Emma.

— De jeito nenhum! Eu vou com vocês. — Emma ajeitou o cabelo. — Podemos ir cantando até o Nirvana Zumbi!

Dusty engoliu em seco.

— Vai ser uma viagem inesquecível.

Senti pena de Dusty.

— Acho que eu deveria seguir Darcourt.

— Por quê?

— Porque não se pode confiar em lobisomens.

— Você pode confiar em mim.

Ela sorriu.

— Sim. Acho que posso.

— E então... você vai voltar algum dia?

— Pode contar com isso, Thomas Marks. — Martha se transformou em morcego.

Fiquei ali parado, vendo-a ir embora, até ela se tornar apenas uma sombra escura no céu.

46.
Fins e inícios

A festa do elenco aconteceu em um restaurante perto do auditório. Todo mundo ficou falando sobre o cachorro e fazendo perguntas. A professora Lubick contou que eu e ela tínhamos preparado uma surpresa juntos. Eu só concordei. Annie passou a festa inteira conversando com Tanner. Capri continuou perguntando sobre Martha. Bella apareceu com Bernardo, que ficou me olhando de cara feia, mas não tentou vir pra cima de mim. Zeke pediu à professora Lubick para ficar com a espada *laser*, e ela deixou. Então ele prendeu a espada no cinto. Salsicha não parava de repetir "Eu prendi aquele refletor, tenho certeza!" para qualquer um que lhe desse atenção.

Quando eu estava a caminho do banheiro, Tanner veio falar comigo:

— Você e a professora planejaram mesmo aquela cena com o cachorro?

— Planejamos — eu menti.

— Aquilo parecia mais um lobo.

Eu me fiz de bobo.

— Era um husky siberiano. Eles parecem mesmo com lobos.

— Meu tio cria huskies siberianos. Eles não ficam tão grandes assim.

Dei de ombros. Tanner chegou mais perto.

Automaticamente, eu dei um passo para trás, me afastando. Foi uma reação natural, depois de tantos anos tendo medo dele.

— Prometo que não vou contar pra ninguém — ele cochichou. — Era um lobisomem?

— Era.

Não sei por que eu contaria para ele. Não sei por que confiaria nele. Mas eu contei.

o o o

Na segunda-feira de manhã, fui até o ponto para esperar o ônibus da escola. Eu estava meio triste, pois a peça tinha acabado e não haveria mais ensaios. Aí, me lembrei de como tinha sido legal Lucas trazer Dusty para ver a peça e também do beijo de Martha Livingston.

Antes, eu achava que ser um vambizomem era a pior coisa do mundo. Se eu tivesse uma máquina do tempo, voltaria e faria tudo diferente para poder ser um garoto normal. Mas se eu não fosse um vambizomem, não conheceria Martha ou Dusty. E eu não teria uma voz tão legal para cantar na banda, e Tanner Gantt ainda estaria me provocando. O que eu quero dizer é que tem várias partes ruins em ser um vambizomem, mas algumas coisas são bem legais.

— Tonzão! — Zeke vinha correndo pela calçada. Ele parou e colocou as mãos no joelho para recuperar o fôlego.

— O que foi, Zeke?

— Aconteceu a coisa mais... incrível... maravilhosa... sensacional do mundo!

Zeke sempre falava coisas do tipo por vários motivos. Talvez ele tenha ouvido que estavam gravando um novo filme da Garota Aspirador. Ou talvez que iriam lançar um programa de TV sobre o jogo *Rabbit Attack*. Ou quem sabe ele acabara de ver um gato com um olho de cada cor.

— Diga — eu falei.

Ele respirou fundo.

— Eu estava assistindo ao jornal... enquanto tomava café da manhã... cereal crocante com passas... suco de laranja, torrada...

— Tá, tá! — Haja paciência... — Conta logo!

Zeke olhou para cima.

— Tem uma garota em Londres... o nome dela é Constance Brookledge...

— E daí?

— Ela é uma garota vambizomem.

Agradecimentos

Será que alguém lê a página de agradecimentos? Você lê, porque você é legal.
Eu gostaria de agradecer às seguintes pessoas:

Don Chadwick e Bill Stumpf, por criarem a cadeira Aeron, na qual passo a maior parte do meu tempo sentado e escrevendo. Minhas costas agradecem.

Arnold Schwarzenegger e Shaquille O'Neal, que me ajudaram a escrever este livro. Se você vier até minha casa, eu explico o porquê.

Larry McMurtry, autor de *Lonesome Dove*, que me inspirou a transformar um zumbi em um caubói.

Mark Fearing, por suas ilustrações fantásticas.

Jud Laghi, meu agente, que cuida da parte dos negócios para que eu possa me concentrar na escrita.

William Gibson, que escreveu uma peça chamada *Dinny & The Witches*, na qual atuei durante o ensino médio. Eu fiz o papel de Dinny e tive a sorte de beijar quatro garotas. Eu amo o teatro.

George Sheanshang, meu advogado, que lê as entrelinhas.

Annette Banks, por revisar os rascunhos e fazer comentários muito úteis.

Sara DiSalvo, Michelle Montague, Alison Tarnofsky e o restante da equipe da Holiday House, que divulgam esses livros para o mundo, e a VOCÊ, a pessoa legal que ainda está lendo esta página.

Meus amigos Doug, Tommy, Elliot, Mike, Penn, Peter, John 1, Jon 2, John 3, Rich, Gary, Gene, Bob e todos os outros que ficarão bravos se não virem seus nomes aqui. Meus livros falam de amizade (espero que vocês tenham percebido), e tenho a sorte de ter a meu lado tantos seres especiais a quem posso chamar de "amigos".

Lauren Forte, a revisora de olhos de águia que encontra e corrige meus erros.

Escritores, vivos e mortos, que me inspiram: John Steinbeck (autor de meu livro favorito, *Cannery Row* — tenho até uma primeira edição autografada, e posso mostrá-la quando você vier a minha casa para perguntar sobre Arnold e Shaq), Annie Baker, Maryrose Wood, P. G. Wodehouse, Simon Rich, Kurt Vonnegut, S. J. Perlman, J. K. Rowling, Roald Dahl, Stephen Sondheim e Ian Fleming.

Bob Baker, meu professor de teatro do ensino médio, que não é nada parecido com a professora de teatro deste livro. Ele mudou minha vida e me ensinou o valor do trabalho árduo, a levar a profissão a sério e a levar a paixão pelas artes para a vida inteira.

Por favor, escreva seu nome aqui: _____ (Você leu esta página e também merece meu agradecimento.)

LEIA TAMBÉM

ASSINE NOSSA NEWSLETTER
E RECEBA INFORMAÇÕES DE
TODOS OS LANÇAMENTOS

WWW.FAROEDITORIAL.COM.BR

Faro Editorial

ESTA OBRA FOI IMPRESSA
EM JANEIRO DE 2024